相姦白書スペシャル 母との淫らな思い出

性実話研究会

Madonna Mate

E N T S

〈第一章〉麗しき母の豊満な肉体に誘われて

義母と入った温泉地の混浴風呂で強引に奪ってしまった四十路の貞操
平口修平（仮名）会社員 五十二歳……6

かつて母と暮らしていた家に住む初老男性のもの悲しき独白エロス
戸高芳雄（仮名）職業不明 六十六歳……24

夏休みに訪れた田舎の叔母の家でペニスを弄ばれた官能的な思い出
小池勝之（仮名）会社員 五十二歳……42

未亡人の叔母を犯した罪深き過去甘くほろ苦い初めての中出し体験
田中正勝（仮名）警備員 六十二歳……60

〈第二章〉秘めた倒錯愛が行き着く禁断情交

ふたりで暮らす母のオナニーを見たマザコン男性のいびつな親孝行とは……
渡辺裕貴（仮名）会社員 二十五歳……78

若かりし日の忘れられないあやまち継母の愛と肉体で更正した不良少年
三田克彦（仮名）会社員 四十五歳……96

子どもに恵まれなかったバツイチ女が五十代のときに味わった相姦体験
山下幸枝（仮名）無職 六十二歳……114

C O N T

〈第三章〉あらぬ関係に燃え盛る究極の色欲

禁断の性感マッサージを経て……
僕が母と交わるようになった理由
野村 亮（仮名）清掃作業員 二十一歳……132

育ての親として引き取ってくれた
叔母を犯してしまった懺悔の告白
川原秀治（仮名）会社員 三十三歳……150

忘れられない美しい乳房の感触……
義母の夜這いで童貞を喪失した夜
長崎良実（仮名）会社員 四十五歳……166

初めての彼女に振られた息子のため
ひと肌脱いで性指導するGカップ母
大柳恵津子（仮名）専業主婦 四十七歳……184

〈第四章〉ぬくもりを求め合う近親者の真実

母乳の出る叔母に抱いた性衝動
誰にも言えない秘密の射精体験
島田義和（仮名）職業不明 年齢不詳……202

生き別れた妖艶な母との再会を経て
二十四年ぶりに味わった最愛の乳首
日影陽一（仮名）農業 二十六歳……220

昭和の漁師町に生まれた文学少年が
家出前夜、母とのアナルセックスに
遠藤昭治（仮名）無職 六十四歳……238

第一章

麗しき母の豊満な肉体に誘われて

義母と入った温泉地の混浴風呂で強引に奪ってしまった四十路の貞操

平口修平（仮名）　会社員　五十二歳

「娘を見るより、母親を見ろ」の格言どおり、美紗《みさ》との結婚は、母親の喜子《よしこ》さんがとても素晴らしい女性だったことが決め手となりました。

穏やかな性格に、なんでも許してくれそうな笑顔。当時の喜子さんは四十三歳という年齢にもかかわらず、とてもチャーミングで、まさに私の理想の女性像だったんです。

彼女と初めて関係をもったのは、バブル全盛のころ。今から三十年ほど前、結婚二年目に家族旅行に行ったときのことでした。

仕事の都合で義父は一日遅れで合流することになり、私と美紗、そして喜子さんの三人でひと足先に旅行先に向かい、温泉旅館に宿泊したのです。

部屋はふたつ予約しましたが、その日の夜は私と美紗の部屋で食事をとりました。

義母の宿泊する部屋には露天の内風呂がついており、あとで入りにきなさいと言われていたのですが、美紗は飲みすぎたのか疲れたのか、寝たいと言いだし、私は仕方なく一人で義母の部屋に向かいました。

本音を言えば、このときには淡い期待に心臓がドキドキしていました。

「あら、美紗は？」

「酔っ払ったのか、寝ちゃいました」

「まあ、しょうのない子ね。まあ、いいわ。お入りなさい」

「失礼します」

喜子さんに促され、入室したとたん、彼女のお尻が視界に入りました。

浴衣越しとはいえ、丸々と張りつめたヒップの豊満さを見るにつけ、牡の欲望が内から突きあげてくるのが自分でもはっきりとわかりました。

「ほら、いい露天風呂でしょ？　景色もいいし」

「そ、そうですね」

内風呂に案内されても、私の視線は彼女の身体に向けられていました。そしてあろうことか、とんでもない言葉を投げかけてしまったんです。

「お義母さんもいっしょに入りましょうよ」

「え？」

「義理とはいえ、親子じゃないですか」

「なに、バカなことを言ってるの？」

「あ、もちろん、バスタオルを着けてですよ」

喜子さんは一瞬、気色ばんだのですが、慌てて言いなおすと、迷っているような顔つきに変わりました。

「でも……美紗に悪いわ」

「大丈夫ですよ。あいつは一度寝たら朝まで起きないし、それに布団に入ったばかりですから」

「そう言えば……そうね」

なるほどと思ったのか、喜子さんはコクリと頷きました。

私が熟女好きなのは、こういう大らかな性格がいちばんの理由なのかもしれません。しかも彼女は天然なところがあり、いっしょにいると気が休まるんです。

「それじゃ、先に入ってて。その代わり、あなたもちゃんとタオルで隠すのよ」

「はいっ！」

喜子さんが部屋に戻ると、私はさっそく浴衣とパンツを脱ぎ捨て、タオルを腰に巻きつけました。

ペニスはすでに半勃《だ》ちで、軽い刺激を与えただけで完全勃起しそうな勢いでした。

露天風呂の向こう側は素晴らしい景色が一望できましたが、もちろんそんなものは目に入りません。

私はかけ湯もそこそこに露天風呂に入り、喜子さんが現れるのを今か今かと待ち受けていました。そして五分ほどが過ぎたころ、髪をアップにした喜子さんがバスタオルを身体に巻きつけた恰好で姿を現したんです。

透きとおるような白い肌、タオルの前面部を盛りあがらせるバストの膨らみ。くっきりと刻まれた胸の谷間に視線が釘づけになりました。

腰回りもパンと横に張りだしていて、見とれてしまうほどの官能的なカーブを描いていたんです。心臓がドキドキと高鳴り、海綿体に大量の血液が流れこみました。

「いやだ、そんなにじろじろ見ないで」

「あ、ご、ごめんなさい」

慌てて目を逸らすと、喜子さんは床に片膝をつき、木桶で掬《すく》ったお湯を肩からかけ流しました。

横目でチラリと見やれば、肌が一瞬にして桜色に染まり、細いうなじに絡みついた後れ毛が女の色香をむんむんと発しているようでした。

「やっぱり……恥ずかしいわ」

片足を湯船に入れたとき、今度はなめらかな太腿が目を射抜き、タオルの下のペニスがぐんぐんと頭をもたげていきました。

むちむちとした量感はもちろんのこと、脹《ふく》ら脛《はぎ》の形もよく、バスタオルが当時流行っていたボディコンを着ているような錯覚を与えたんです。

私はいつの間にか、ギラついた眼差しを義母の肉体に注いでいました。

二十二歳の美紗はスリムな体型で身体の線がまだまだ硬く、豊満さという点では比べものにもなりません。

この時点で、私は喜子さんを完全に一人の女として見ていました。

「どう？　いい景色でしょ？」

「え？　ええ」

景色なんかどうでもいい、頭のなかは彼女の裸体を目にしたいという思いでいっぱいでした。上気した顔の彼女がもうかわいくて、私は酔いに任せて、つい美紗と結婚した理由を暴露してしまったんです。

「僕が美紗と結婚を決めたのは、お義母さんが素晴らしい女性だったからですよ」

「やだ……なにを言いだすの？　こんなおばちゃんをつかまえて」

「おばさんなんかじゃありません！　ホントに若々しいと思ってます」

「ありがと。お世辞でもうれしいわ」

喜子さんは少し驚いた顔をしていましたが、まんざらでもない様子で、私の欲望もついに限界まで膨らみました。

艶々と輝く唇を見ていたらキスをしたくなって、中腰のまま彼女に向かってゆっくりと近づいていったんです。

「え？　な、なに？」

「キ、キスしたくなっちゃいました」

「バ、バカなことを言わないでちょうだい。美紗がとなりの部屋に……あ、ンぅ」

顔を寄せたときの困惑顔がまたたまらなくかわいくて、私は強引に彼女の唇を奪いました。プリッとしていながらも柔らかい感触に酔いしれながら、胸の内にはすさまじい高揚感が広がりました。

憧れの義母とキスをしているのですから、これで昂奮しないわけがありません。背徳的な状況、禁断の行為が気持ちを昂《たかぶ》らせているのか、自身の欲望を抑えきれず、風船のように膨らんでいくばかりでした。

喜子さんは口を閉じていたのですが、強く抱きしめ、右手でヒップを撫でまわすと、熱い吐息が口中に吹きこまれました。

すかさず舌を侵入させ、生温かい甘やかな唾液を啜りながら彼女の舌を搦め取ったんです。

「ン、ふわぁぁぁっ」

彼女の身体はガチガチに強ばっていて、強い拒絶を示しているようでした。

私の胸を押し返すような仕草も見せてはいたんですが、力がまったく入らないのか、鼻から甘い吐息を洩らすばかりで、強硬な姿勢は決して見せなかったんです。

なんとかその気にさせようと舌を蠢かし、今度はバスタオルを捲りあげて生のヒップを手のひらで揉みしだきました。

つきたての餅のような、まろやかな弾力感は今でもはっきりと覚えています。

とても柔らかくて、さほどの力を込めずとも、指先は尻肉の中にめり込みました。

「ン、ふううぅっ」

喜子さんは盛んに腰をよじらせていましたが、私は彼女はがっちりと抱えこみ、逃げだすいとまを与えませんでした。

この機会を逃したら、チャンスは二度と巡ってこない。キスまでしたのだから、今さらあとには引けないという心境になっていました。

ずいぶんと長いキスをしていた記憶がありますが、実際には一、二分程度だったのかもしれません。やがて喜子さんの身体から力が抜け落ち、舌がわずかに動きはじめました。

自ら舌を絡めてきたときは、頭が爆発するような昂奮と喜びに打ち震えました。そっと唇をほどけば、彼女はうっとりとした表情をしており、顔は首筋まで桜色に染まっていました。

あとで聞いた話によると、喜子さん自身もかなり酔っており、頭が働かなかったようです。シラフだったら、間違いなく入浴自体を拒否していたとのことで、私にとってはさまざまな偶然が重なって起きた最高のチャンスでした。

「だめ……だめよ、やめて」

ヒップに這わせていた手をバストに伸ばすと、喜子さんはか細い声で訴えました。それでも身体が動かないのか、もはや私のなすがまま。タオルの上から豊満な胸を揉みほぐせば、すぐさま両目を閉じ、わずかに開いた口のあいだからなまめかしい吐息を放ちました。

「あ……ンふっ」

手のひらからはみ出しそうな乳房の量感に感嘆の溜め息をこぼしつつ、私は執拗に刺激を与えていきました。

円を描くように揉みしだき、指先で中心部に突きでた尖りを軽く引っ掻くたびに、彼女は腰を震わせ、唇を舌先で何度もなぞりあげたんです。

なんと色っぽい表情を見せるのか。熟女の性感に火がついたことを、私はこの時点ではっきりと確信していました。

「や……やっ……ンっ」

乙女のように恥じらう姿と、鼻から洩れる甘い溜め息。ペニスがついに完全勃起を示したとたん、下腹部全体を甘ったるい感覚が包みこみました。

驚いたことに、喜子さんが手を伸ばし、タオルの上から勃起を握りしめてきたんです。身体に走った快感電流に、私は背筋をピンと伸ばしました。

「あ、うっ」

ペニスを上下にしごかれるたびに快楽の衝撃波が襲いかかり、下手をしたら、すぐに射精へのスイッチが入ってしまいそうでした。

頭のなかはもう豊満熟女とのセックスだけに染まっており、昂る性衝動が肉体の中心部からほとばしるようでした。

「お義母さんの……舐めたいです」

まずは彼女の女芯を拝みたい、刺激的な愛撫で互いの性感をもっと高めたい。そう考えた私が懇願すると、喜子さんは眉根を寄せ、優しげな口調で呟きました。

「……だめよ」

「も、もう我慢できないんですっ」

必死の形相で頼みこむと、彼女は口元に微笑をたたえ、私の身体を押し返しました。

「縁に座って」

「え？」

「私が……してあげる」

艶っぽい眼差しで言われたときは、ペニスが熱い脈動を打ちました。

フェラチオをしてほしいという願望はあったのですが、いきなりではあまりにもデリカシーがなさすぎるだろうと、まずはクンニリングスで喜子さんをその気にさせようと考えていたんです。

彼女のほうから誘ってくれたのですから、文句があろうはずがありません。

私は湯船から立ちあがり、ひのき造りの浴槽の縁に座りました。

タオルの中心部はもっこりとしていましたが、恥ずかしいという気持ちよりも、喜子さんから受ける口戯への期待感のほうが圧倒的に勝っていました。

「……すごいわ。もうこんなになって」

喜子さんは足のあいだに身体を移動させ、腰に巻きついていたタオルをゆっくりと取り外していきました。

ビンと弾けでたペニスは亀頭がパンパンに張りつめ、胴体には無数の青筋がブクブクと浮きでていました。

喜子さんは目を丸くしたあと、またもやうっとりした顔つきになり、ひくつく牡の分身に指をそっと巻きつけました。

「お、おうっ」

「硬くて……大きい」

肉の棍棒を見つめながら、唇の隙間で赤い舌が物欲しそうに蠢いていました。そして唇を寄せ、袋から裏茎に向かって舌先をツッと這わせてきたんです。

「く、くううっ」

こそばゆい感覚に昂奮のボルテージが上昇し、私は早くも性の頂《いただき》にのぼりつめそうでした。早くしゃぶってほしくて腰を突きあげれば、喜子さんは焦らすように雁首や鈴口に舌先を戯れさせ、上目遣いで私の様子をうかがいました。

「あ、ああ……も、もう、ぬふっ⁉」

泣き声で呻いた瞬間、喜子さんは口をあんぐりと開け、ペニスを口中に呑みこんでいきました。

ぷちゅ、ぐぽっ、ぐぽぽぽぽぉぉぉぉっ。

唾液を跳ねあげ、男根がゆっくりと咥えこまれていくなか、ねっとりとした生温かい口内粘膜の感触に私は陶然としていました。

豊満な女性って、口の中も肉厚なんです。上下左右から肉筒をしっぽりと包みこみ、ぬめりの強いたっぷりの唾液が覆い尽くしてくるのですから、まるでおマ○コに入れているような錯覚に陥りました。

「ん、ン、ンぅぅぅっ」

喜子さんはペニスを根元まで呑みこんだあと、ねちっこい抽送を開始しました。

ぐぽっ、ぐぷっ、ぐぽちゅるるるると、卑猥な吸茎音が鳴り響き、白濁の塊が瞬く間に射出口へと集中していきました。

さすがは人妻熟女、美紗とのおざなりのフェラチオとは年季が違います。

「あぁ、あぁ、ああぁぁぁぁぁっ」

喜子さんが顔をS字に振りながら肉胴に舌を絡めてくると、私は天井を仰ぎ、恍惚の溜め息を盛んに放っていました。

彼女の舌は別の生き物のようにくねり、抽送のたびに裏茎や縫い目、雁首を刺激してくるんです。すさまじいほどのバキュームフェラに、私はもはや昇天寸前でした。十代の童貞少年ならまだしも、フェラチオだけで射精するわけにはいきません。

私は慌てて口戯を中断させ、喜子さんを強引に立たせました。

「今度は僕の番ですっ」

「だめ……だめだったら」

鼻息を荒らげながらバスタオルの結び目をほどくと、たわわに実った乳房がぶるんと弾み、蕩けるような熟脂肪をまとった下腹部が晒されました。

お湯に濡れた肌はなまめかしい光沢を放ち、微かに波打つ白い柔肌は熟れごろの魅力を燦々《さんさん》と放っているようでした。

「修平《しゅうへい》さん、それだけはホントに……あ、ンっ」

私はキスで彼女の唇を塞ぎ、そのまま浴槽の縁に座らせました。そして両手で巨乳を執拗に揉みしだいたんです。

「はっ、ンっ、ふっ、ンはぁぁっ」

乳丘をギュッギュッと鷲摑めば、鼻から甘い吐息がこぼれ、タイミングを計りながら今度は右手を股の付け根へと伸ばしました。

「ン、ふぅぅぅっ！」

喜子さんはすかさず足を閉じたのですが、指先はひと足先に熱いぬめりをとらえていました。ヌルヌルとした秘裂の狭間には、明らかにお湯とは違う成分の粘液がこびりついていたんです。

スリットを優しく上下にこすりあげると、肉厚のヒップが悩ましげにくねり、熱風のような息が口中に吹きこまれました。

くちゅくちゅと淫らな音が鼓膜に届き、小さな肉粒をこねまわせば、豊満な肉体が電流を走らせたようにひくつきました。

「あああっ」

唇を離したときの喜子さんの顔はもう恍惚としており、すっかり女の性を剝きだしにさせているようでした。

「あ、やっ」

そのときの私は、きっと野獣のような目つきをしていたのではないかと思います。

彼女の困惑の表情など視界に入らず、湯船に腰を下ろしざま、むっちりとした太腿を左右に大きく割り開きました。

熟女の女肉は愛くるしい容貌とは対照的にかなり発達しており、外側に大きく捲れあがっていました。

じゅくじゅくとした内粘膜が中から飛びだすように盛りあがり、半透明の濁り汁をたっぷりとまとっていたんです。クリトリスは包皮が剝きあがり、小指の爪大の肉粒が根元からもっこりとしこり勃っていました。

胸を妖しくざわつかせた私は、本能の命ずるまま、ふっくらとした恥丘の膨らみにかぶりついていきました。

「ひっ、ぃぃぃぃぃンっ」

酸味の強い淫汁をじゅるじゅると啜りあげ、舌先を跳ね躍らせながら肉突起を吸引すれば、豊かな腰は引き攣るようなわななきを見せました。

やたら粘り気の強い愛液を喉の奥に流しこみ、こなれた媚肉をしゃぶり尽くす私はまさにこの世の幸福を味わっていたのではないかと思います。

一心不乱にクンニリングスに没頭するなか、湯船の中の勃起は下腹にべったりと張りついていました。

「やっ、あっ、ンっ、くっ、ふぅぅぅン」

甘い声音が鼓膜を揺らすたびに射精感はぐんぐんと上昇し、私の我慢もついに限界へと達しました。

「ああ、お義母さん。入れたい……エッチしたいです」

恥部から口を離し、上目遣いで懇願すると、喜子さんは眉をたわめながら切なげな表情を見せました。

肉体は男を迎え入れる準備を整えている。されど娘の夫と禁断の関係は結べない。迷いに迷っているような顔つきでした。

もちろん私のほうは自制などできるはずもなく、返答を待たずに腰を上げ、潤った割れ口に亀頭の先端を押しあてたんです。

「……あっ」

小さな悲鳴を聞きながら腰をグッと突きだせば、男根は陰唇を押し広げ、膣の奥にズブズブと差しこまれていきました。

「お、おおぉぉぉぉっ」

「ンっ、ンっ！　ンはぁぁぁぁぁっ！」

口中と同様、膣の中もやたら肉厚で、柔らかい濡れそぼった媚肉がペニスにまったりとへばりつきました。しかも膣壁がうねりくねり、肉胴を揉みこむような刺激を与えてきたんです。

肉棒がじんじんと疼き、あまりの気持ちよさに放出を迎えてしまいそうでした。とっさに会陰を引き締め、射精の先送りを試みるなか、喜子さんは眉尻を下げ、下唇を噛みしめていました。

いじらしい表情がさらなる昂奮を喚起させ、私はすぐさま怒濤のピストンを送りこんだんです。

「いひっ！　ンはぁぁぁぁっ」

「ああ、気持ちいい、お義母さんのおマ○コ、すごく気持ちがいいですっ!!」

ぬるぬるの粘膜がキュンキュンと収縮し、肉棒を締めつけるたびに天国に舞い昇るような快楽が込みあげました。

巨乳がゆっさゆっさと揺れ、内腿の熟脂肪が小刻みに震える様はまさに圧巻。ペニスは瞬く間に愛液で濡れ光り、赤い粘膜が膣内に出たり入ったりしていました。

腰の抽送を十回ほど繰り返したころでしょうか。喜子さんは私にしがみつき、ピストンのタイミングに合わせ、自ら恥骨を迫りだしてきました。

「あっ、やっ、ンっふぅ、いい、いいわ、気持ちいいっ」

「ぼ、僕もっ！　僕も気持ちいいですっ！」

可憐な唇のあいだから放たれた悦の声がうれしくて、抽送のピッチも自然と熱を帯びていきました。

これ以上ないというほどの腰振りで、私は何度も膣の奥を掘り返していったのです。

「あぁぁぁっ、イッちゃう、だめっ、イッちゃうのぉぉぉっ!」

「はあっ、僕も、僕ももう我慢できません!」

挿入してから、五分も経《た》っていなかったのではないでしょうか。喜子さんが絶頂の扉を開け放ったと同時に、私も熱いしぶきを彼女の中にほとばしらせました。

そのあとは部屋に戻って、彼女を再びエクスタシーに導き、私たちは禁断の関係をスタートさせたんです。

喜子さんとの関係は義父と美紗の目を盗み、二年ほど続いたでしょうか。

美紗に子供ができてから、彼女のほうから関係の終わりを告げられました。

今はいいおばあちゃんになっていますが、あのときの背徳感と昂奮を思いだすと、ときどきムラッとくるときがあるんです。

もちろん、二人の秘密は墓場まで持っていくつもりです。

かつて母と暮らしていた家に住む初老男性のもの悲しき独白エロス

戸高芳雄（仮名）　職業不明　六十六歳

母が亡くなったのは僕が高校受験を終えて、入学を控えて春を待つころだった。母は病弱で、僕が物心ついたころからずっと入退院を繰り返していた。

母と会うには病院に見舞いに行かなくてはならなかった。小学校のころ、放課後にひとりで病院に出向いて父が帰宅するまでの何時間かを病室で過ごすのが僕の日課だった。宿題をしたり、おやつを食べたりしていた記憶がある。

そんな母が退院して、あれは回復の兆しがあっての退院だったのか、死期が近づいたことを考慮しての退院だったのか、父も亡くなった今となっては確認のしようもないが、当時の僕は、母がよくなって退院したのだという父の説明を鵜呑みにして疑うこともなかった。

まだまだ母に甘えたい年頃の僕だったが、同時に母に甘えることを恥ずかしくも思う年頃でもあって、母が家にいることでうきうきした気分を味わいながらもなにを話すでもなく、ひとり自室に閉じこもっていた。

だから母に、いっしょに寝ようと誘われても、僕は断った。「そんなの小さい子みたいじゃないか」とかなんとか生意気盛りの子供らしく言ったのではなかったか。

でも夜中に怖い夢を見て目を覚まして、トイレに行くついでに、僕は母の眠る和室に向かった。和室の前に廊下があって、廊下は庭に面していた。雨戸が閉じられた暗い廊下を通ると、母の咳払いが聞こえた。まだ起きているようだった。

仕事の忙しい父は会社に泊まり込みで帰宅しておらず、せっかく母が家にいるのにこんな日の残業なんて断ればいいのにと、子供心に思ったものだ。

母の死後に、父には当時から交際している別の女性がいたということを親戚の誰かから聞かされたが、もしかするとその晩も仕事ではなく、その女性のところに行っていたのかもしれない。

障子越しに母が僕の名前を呼んだ。僕が障子を開けると、母は布団に半身を起こして行灯のスイッチを入れた。三十ワットの電球を四方を小型の障子で囲ったタイプのもので、最近でも旅館などで見かけるが、母の寝間にはあれがあった。

読書灯というには薄暗く、本なんか読んだら目を悪くしてしまいそうなほの灯りが、母の顔を照らした。

日光よりも行灯の灯りは母を美しく見せた。もともと儚げな風貌の母にほの灯りが似合うということもあるが、血色がいいとは言えない青白い顔色が電球の暖色で誤魔化され、健康的に見えなくもない、ということだったのではないかと思う。

母は学校の様子などを聞きたがり、僕は問われるままに日常のあれこれを話した。寒い夜のことであり、僕は母の布団にもぐり込み、ひとつの湯たんぽを分け合った。湯たんぽよりも母の体温で布団の中は温かかった。それとも少し熱があったのだろうか。

母は僕が好きな女の子の話を聞きたがったが、同級生や近所の女児に特定の好きな相手がいるわけでもなく、母の好奇心を満足させる話はできなかった。

母は遠い目をして、僕が知り合うことになるだろう恋人に思いを馳《は》せているようだった。その女性を見ることができなくて残念だというようなことを言った。

「私は、きっとあなたの成長を見届けることができないのね」

そんな話をしているうちに母は感極まったのか、しくしくと泣きはじめ、僕はなんとか慰めたくて、母を抱きしめた。いや、母に抱きついた、と表現すべきか。

男の包容力など思春期の僕の腕にあるわけもなく、単に母親に甘える子供のそれだったに違いない。

母の寝巻の襟元がはだけ、白い乳房が露《あらわ》になっていた。僕はそこに顔を埋めた。頬にぴったりと張りつく乳房の先端にある小豆大の乳首が僕の目の端に見えた。僕はたいした考えもなく、それを口に含んだ。

その行為は、僕にとっても予想外のことだった。母の涙を見て、僕はどこかがおかしくなってしまったのかもしれない。

母は優しく微笑んで「赤ちゃんみたい」と言った。

そんな僕を母は受け入れたようだった。だから僕は、そのまま無心に乳首に吸いついた。かつてはそこから母乳が滲み出して僕を育ててくれた、という自分史的事実が胸を熱くした。

やがて僕の手は、僕をこの世に産み出した母の下半身に伸びた。

寝巻の下に下着をつけていない母の下腹部は弱々しく茂る陰毛にのみ守られていて、僕はそれを指先で掻き分けて割れ目をなぞった。

「ん……」

母は消え入りそうな声で小さく喘いだ。

母のそこはしっとりと潤んでいて、おねしょでもしたのかと疑うほどだった。

でも、それは小便ではなく愛液だと母が教えてくれた。気持ちがいいと女の身体はそんなふうに濡れるのだと教えてくれた。母の性器から滲み出す愛液はとめどなく、僕の指先を濡らし、手首にまで滴った。

電気行灯の灯りに照らされるアソコを、僕は見た。幾重にも重なる肉のひだ。色素沈着に黒ずんだ大陰唇を指で広げると、生々しい生肉があった。半ば包皮に包まれた陰核と、紅色の膣口がのぞけた。それは、人間がどうしようもなく生ものであることを主張していた。

そんなふうに歴史を巡る母の探索がひとしきり済むと、今度は母が僕の身体をまさぐった。「答え合わせ」と母は微笑んだ。

母が産み落とした僕の肉体が正しく成長しているかどうかの確認、というような意味だったと思う。僕も母を見習って、されるがままになった。

母が僕のペニスを手に取り、睾丸の重みを確かめるように手のひらに乗せて揺すった。おむつをしていたのはいくつくらいまでだろう。二歳か三歳かそこらだろうけど、記憶にはない。おねしょしてその後始末をしてもらったのは、幼稚園のころで、それはさすがに覚えている。

とにかく、おち○ちんをそんなふうに触られるのは何年振りのことだろう。

僕は激しい羞恥心を覚えたが、じっと堪えていた。母がそうしたいなら、そうさせてあげたかった。

親孝行という言葉を実感するには中学生はまだまだ子供だったが、お母さんを大切にしよう、という標語は、今よりもメディアに溢れていたような気がする。赤胴鈴之《あかどうすずの》助《すけ》とか、一日一膳とか。

だから、恥ずかしいのをじっと我慢して母の望むようにさせてあげた。お母さんが僕のち○ちんを見たいならいくらでも見せてあげよう。お母さんだって見せてくれたんだから、と思った。

やがて母は、勃起した僕のペニスの先端に口づけをした。僕は「うッ」とうめいて身を硬くした。気持ちよかった。

「汚いよ」と僕は言ったが、母は首を横に振った。

「本当におかしな子ね……」

汚いなんてことはない。そんなことを言い出したら子育てなんかできない、というようなことを母は言った。

それはそうだろう。おむつの処理にしても食事の世話にしても、なにもできない赤ん坊を育てるのはきれいごとではすまない。可愛がるだけではすまないだろう。それくらいは子育て経験のない中学生にも想像できた。

ちろちろと優しい母の舌が亀頭の形を確かめるように這い回った。

すでにオナニーは経験していた。ペニスを布団に押し付けたりするのは、小学校の高学年のころにはもう知っていたし、自分で棒部分を握りしめてしごきたてる方法も学校の先輩に教えられたばかりだったと思う。

それでも「ああ、こんな気持ちいいことがあったのかと感動した」オナニーよりも、母の口での愛撫は百倍くらい気持ちよかった。

母の口の中はとても柔らかく、水気に満ちていた。

口の内側の粘膜と包皮を剝かれた亀頭の粘膜がぴったりと密着してこすれ合う。表面張力だっただろうか。

「ああ、気持ちいい……」

僕は思わずそんな言葉を口走っていたと思う。

零れた唾液は、肉棒の根元を柔らかく包み込む母の右手指で受け止められ、さらにぬるぬると棒に塗りつけられた。

それでも零れる唾液は睾丸をやわやわと揉みしだく母の左手指で同じように玉袋に塗りつけられた。それでも零れた唾液はシーツに冷えて水溜まりを作った。

その光景は、今でもはっきりと瞼の裏に焼きついている。まるで昨日のことのように……。

腰部の筋肉が緊張と弛緩を繰り返し、やがて極度の緊張状態になった。ぐぐっと、不随意に腰に力が込められ、しゃがみ込んで力をためてジャンプするときと同じ筋肉運動が下半身にあった。そんなふうにして一度目の射精はすぐに訪れた。

びくびくと畳に投げ出された金魚のようにのたくる僕の腰の筋肉運動で、精液が勢いよく噴き出した。ロケット発射のようだと、僕は絶頂のなかで連想した。

「たくさん出てしまったね……」

そんなことを言って、母は射精後のペニスを舐めつづけ、尿道に残った精液までをちゅうちゅうと音を立てて吸った。思春期のペニスは、すぐに勃起を回復し、それは母を喜ばせた。

ねえ、お母さん、と僕は半身を起こして言った。でも、その先は言葉にできなかった。僕のおち○ちんをお母さんのアソコに入れたい。

僕が言いたいのはそういうことだった。もじもじと口ごもっていると、母は察したらしく、僕の胸を押して、ふたたび横たわらせた。

仰向けになった僕に、母は優しく覆いかぶさるようにまたがった。母の陰部は相変わらず愛液を滴らせており、母の唾液と自身の分泌液でぬめるペニスとの親和性は抜群だった。ぬるん、と、僕の分身たるペニスは、母の優しい手指の誘導で陰部に迎えられた。

僕と母の肉体が繋がった。

それはなんと感動的なことだったろう。十数年前、僕をこの世に産み出した肉門への回帰。セックスという言葉だけでは表現できない。快楽という言葉も陳腐すぎるし、喜びと表現するのにも、それだけの感情ではない気がした。

僕は改めて母を見上げた。僕の下腹部から母の美しい肉体が、根を張って生えているようだった。いや、根は僕の側にこそあって、深々と母の胎内に突き立てられているのだったが。

もちろん、それだけでは終わらなかった。

やがて母は腰をくねらせて、僕の下腹部に円を描くような動きをした。みちみちと膣内の肉が僕の分身を締め上げた。それは鬱血するほどのかなりきつい締め上げでありながら、肉自体はどこまでも柔らかだった。

亀頭に張り巡らされた性感神経が未知の感覚を脳に伝えた。

ああ、これが快感なんだ。僕の頭のなかは感動やら興奮やらで混乱の極みにあったが、それと同時に頭の隅っこでは意外にも冷静な観察と思考が続いていた。

母の腰が描く円は、僕のペニスに快感を与えるだけではなく、母自身の肉体にも快感を呼び起こしているようだった。

母の口から、「んん……」というか細いうめき声が漏れた。それは聞いたことのないような、扇情的で魅力的な声だった。

やがて、母の腰は円ではなく、線の動きに変わった。前後左右、いや、縦横無尽と言うべきだろうか。ぐい、ぐい、と、前のめりになり、のけぞり、力強さを増して、接合面をこすりつけるように動いた。

「あ、これ、いい……」と母がつぶやいた。たしか「当たる」と表現したと思う。おそらく、母の膣内の強い性感を覚える箇所に亀頭の先端がこすれる、という意味だったのではないか。それとも、僕の下腹部に陰核、つまりクリトリスがこすれるという意味だったのだろうか。

さらに、母の腰がさらにダイナミックな動きをはじめた。上下運動だった。僕の胸に両手をつき、浮かせた尻を上下に振った。

ペニスが膣孔から吐き出され、すっぽ抜けるぎりぎり手前で、再び深く呑み込まれた。「いっしょに」と母に言われて、僕もわからないままに手探り、いや、腰探りで腰を動かした。母の上下運動に合わせてリズミカルに突き上げると、それが正解というように母が小刻みにうなずいた。

ピストン運動が続き、母の泣き声はどんどん大きくなり、やがて叫び声になった。セックスとは、女の人をこんなにも乱れさせるものなのか。僕は驚嘆した。

自分のまだ若い、新芽のようなペニスが、母の大人の女の肉体に、それほどまでの快感を送り込んでいることを誇らしく思った。

抱き合う喜びは、皮膚接触の摩擦運動で得られる性感神経の快楽だけが重要なのではない。僕は悟った。この無防備極まりない姿を見せてくれる。それこそが男女において、もっとも大切な信頼なのだと思った。

それから程なく、二度目の射精が訪れた。僕は母の膣内に精を放った。

僕たちは並んで寝そべり、布団の中で抱き合ってしばし余韻を味わったが、それも束の間で、母がまた、僕のペニスに手を伸ばした。「ご苦労様」と母は言った。「立派になったねえ」とも。

僕は母の期待に応えることができた誇らしさとうれしさとともに、また勃起した。

でも、セックスというものが一度終えてすぐにもう一度していいものなのか、僕にはわからなかった。

それは大人の世界でははしたないこと、品のないこととされているのではないだろうか。それでなくても、退院したばかりの母にそう何度もおねだりしていいものなのか。セックスとはオナニーと比べて予想以上に体力を使うもので、僕自身も全力疾走後のように息を荒くしていたが、母の身体は大丈夫なのだろうか。

そんなふうに考えて僕がもじもじしていると、また母が察して、「もう一度できる？」と水を向けてきた。まるでテレパシーのようだった。

そう言えば母には昔からそんなところがあって、僕の考えていることがいつもお見通しのようだったが、母親というものはみんなそうなのだろうか。底の浅い子供の考えることなど、手に取るようにわかるのだろうか。

母乳にかぎらず、母の恩恵を滋養にして子供は育つ。しかし、それで母はなにを得るのだろうか。

たとえば、病弱な母は、僕を産むことで命を縮めたということもあったかもしれない。命を犠牲にしてまで子供を生むことに、母はどんな意義を感じていたのだろうか。幼い僕には想像もできなかったし、これればかりは大人になった今でもわからない。

とにかく僕は、誘われるままに母の膣内にペニスを挿入した。今度は僕が上になった。仰向けになった母は、両脚をカエルのように大きく広げて、その間に身体を割り込ませた僕を迎え入れた。

どうやって快楽を得ればいいかはすぐにわかった。腰を叩きつけてペニスをピストンさせればいいのだ。さきほどの受身的な女性上位とは一変して、それはいかにも暴力的で攻撃的な動きだった。

無防備な母の肉体を責めるような格好になったが、それが同時に母の肉体に快感を送り込んでいた。僕の快楽が母の快楽。それは女性上位のときと変わらない。

また、母が泣き声をあげはじめ、それは心なしか女性上位のときよりも大きく、切実さが感じられた。僕が腰を叩きつける動きに合わせて母は乱れた。

母の快感は僕の動きに委ねられていた。母は薄目を開けて愛おしそうに見上げていた。立場が完全に逆転していることに僕は気づいた。今や僕は、母を見上げるのではなく、母を見下ろす視点を得ていた。

母の肉体が、僕に委ねられている。そう思うだけで喜びや快感が渦のようになって僕を突き上げてきた。

僕は精一杯に腰を動かし、下腹部を叩きつけた。恥骨同士がぶつかり、お互いの陰毛がじょりじょりとこすれて絡み合った。

そのころになってやっと生え揃った感のある僕の陰毛だったが、もちろん生えてくる陰毛は大人の証《あかし》のようで、それはうれしいことだったのだが、これが今このときのためのものだとは知らなかった。

　こうしてピストンするときに、陰毛はまるでクッションのように安らぎさえ与えてくれた。どうやら、ヒトの身体はどこまでもセックスのために作られているようだった。

　しばらくして母は今度は後ろから、とねだった。

「ねえ、お願い」

　母は僕を見上げて、聞いたこともないような甘い声を出した。そんな母の声を聞いて、僕の全身に鳥肌が立った。

　うれしい。だが、そんなうれしさと同時に、ある種の悔しさも感じた。

　こんなふうに母におねだりされた男は、これまでの母の人生に何人いたのだろう、と僕は考えずにはいられなかった。

　父にもこんなふうにおねだりしたのだろうか。あるいはかつての恋人に。もっと言えば、母がまだ子供のころ、その父親（つまり僕の祖父）に。

　僕が感じているのは嫉妬だった。母がこれまでの人生に頼りにした男たち全部にヤキモチを焼いているのだった。

そんな男たちに対抗するためにも、僕は母の願いをかなえなくてはならないと思った。母が後ろからと望むなら、そのとおりにしなくては、と。

四つん這いになって、母が僕にその白い尻を向けた。僕はその中央の亀裂に指を這わせて陰部の入り口を探った。だいたいの位置を確認すると、勇んでペニスの先端をそこに向けた。

でもやはりよくわからなくて、僕は途方に暮れた。気ばかり焦って、うまくいかず、あろうことか勃起の持続さえできなくなってしまった。やがて僕の分身はだらしなく萎えてしまって、挿入どころではなくなってしまった。

ああ、せっかくの母の期待に応えられないなんて。小学校の授業参観で教師に当てられて、母の期待に満ちたまなざしを受けながら質問に答えられない。

クラスメイトが僕を指差して笑う。母は恥ずかしさに教室を後にする。そんな悪夢のような気まずさだった。

実際には病気がちの母が授業参観に出席してくれたことはなく、そのことを恨んだりもしたものだったが、こんな気まずさを味わうくらいなら、来てもらえなくて逆によかったかもしれない。そう思った。

情けなさに半泣きになる僕に、母は優しく微笑んで改めてフェラチオしてくれた。

それで僕の肉棒は力を取り戻すことができた。結局は後背位からの挿入も、母に誘導してもらうことになったが、一度入ってしまえば、あとはなんとかなった。

僕は膝立ちで、布団に手をついて四つん這いになった母の白い尻を抱え込んで、下腹部を叩きつけた。見下ろすと尻の谷間に母の肛門が見えた。正常位とはまた違った光景は、これはこれで支配欲を満足させる、神の視点だった。

名誉はいくらでも挽回できるものだ。誰にも答えられない難問をスラスラ解いてクラスメイトの賞賛を浴びる姿を母に見せることだってできたかもしれない。

シーツをわしづかむ母の華奢な手指に力が込められて、布団からシーツがはがれて、めくれた。下から緋色の敷布団が露になる。

母は乱れに乱れ、その絶頂が近づいていることに、僕は気づいた。

男に射精の瞬間があるように、女にも快感の頂点がある。先輩の誰それから得た聞きかじり知識だったが、一応は知っていた。そのことに思い当たった。

「ああ……ダメ、すごい……」

このまま、母を絶頂に追いやりたい。そう思った。でもどうすればいいのか、僕は知らなかった。

だから、ただ一生懸命、腰を叩きつけた。

母の反応を見ながら、叫び声が途切れないように、ピストンを繰り出した。

一辺倒なばかりではなく、角度に変化をつけた。強弱も調節し、深度も工夫した。リズムをあえて崩して、いったん最奥部に進んだところで引き抜く前に腰で円を描いてもみた。

つまり女性上位で母がした動きを僕なりに再現してみたわけだが、これも有効なようで母の泣き声をひときわ大きくさせた。

やがて母の肉体に快楽の絶頂が訪れた。それは素人目に見てもはっきりそれとわかる絶頂だった。

ひときわ大きな叫び声と同時に、背筋が反り返り、身をのけぞらせた母は、そのまま僕に背中からぶつかってきた。

僕は母の身体を受け止め、抱きとめながら、もろとも仰向けに倒れ込んだ。僕もほとんど同時に射精して果てた。僕たちは余韻のなかで抱き合い、そのまま朝を迎えた。

冬の最後の数週間、僕は毎夜のように母の和室を訪れて、どこまでも深い母の懐に甘え、精一杯の幼い情欲をぶちまけた。母は全部受け止めてくれた。

そして母は、春がくる前にこの世を去った。

その夜も朝まで母と抱き合って、雨戸から漏れる光に目を覚まし、雨戸を開けて庭が三月の名残雪に白銀になっているのを確認して、僕はそれを母に告げに和室に戻った。だが、母がその雪景色を見ることはなかった。

母はもう二度と目覚めなかった。

ときは流れて昭和も遠く過去になり、僕は大人になったが、今でも僕が母を忘れることはない。

すでに当時の母の年齢を超えた僕だが、父の遺した庭付きの日本家屋に今でも暮らしている。結婚はしていない。それどころか、思春期の数週間に母の肉体を抱いて以来、女性と身体を合わせたことはない。

機会がまったくなかったわけではないが、母との行為を忘れたくなくて、よけいな体験で記憶に上書きをしたくなくて、独身生活を続けている。

夜はかつて母の寝室だった和室に布団を敷いて、開け放った雨戸から今ではすっかり荒れてしまった庭を眺めながら、行灯のほの灯りの中で、僕は母の面影を追う。

夏休みに訪れた田舎の叔母の家でペニスを弄ばれた官能的な思い出

小池勝之（仮名）　会社員　五十二歳

今からもう三十年も昔のことなのに、昨日のことのように思い出します。それは、大学最後の夏休みの出来事です。

私は一人で九州の田舎にある叔父さんの家まで旅行に行きました。

叔父さんはその数年前に奥さんをもらっていて、私はその奥さんとは法要かなにかで一度か二度、顔を合わせたことがある程度でした。

叔父さんとその奥さん、私から見れば叔母ということになるのですが、ふたりのあいだには生まれて間もない男の子もいました。

そんな家庭にいきなり邪魔者が「泊めてくれ」と訪ねてきたのに、ふたりはとくに理由も聞かずに私のことを歓待してくれました。

叔父さんも地元名産の焼酎を毎晩飲ませてくれましたが、なんといっても叔母さんの美しさと優しさがうれしかったのです。

叔母さんはそのころ、三十歳ぐらいだったと思いますが、色白のきれいな肌をしていて、黒目がちな大きな瞳が印象的な美人だったんです。叔母さんとはいっても血のつながりはない赤の他人ですから、そういう美しい女性といっしょに食事をしたり、同じ屋根の下で眠ったりすることで、私の胸はときめいていました。

それでもよく知っている叔父さんがいてくれるから、私はまだ気楽に過ごすことができていたんです。

しかし、私が叔父さんの家に来て三日後、叔父さんは急な出張で家を空けることになってしまいました。

「おい、勝之君《かつゆき》、女房と息子のことを頼んだぞ」

叔父さんは私にそう言って、朝早くに家を出て行きました。美人の奥さんと生後間もない息子を残していくことが本当に心配だったのでしょう。

「うん、任せといて」

私はそう応えたものの、いきなり泥棒や押し売りがやってくるわけもなく、時間はのんびりと過ぎていきました。そして、とくにすることもなかったのでテレビをぼんやり観ているうちに、私はうとうとしてしまったんです。

目を覚ますと、叔母さんの姿が見えないことに気づきました。

洗濯物でも干してるのかなと思いながら、ふらりと部屋から出ると、叔母さんは赤ん坊を抱いて縁側に座っているのでした。

何気なく近づいてみて、私は思わず小さく声をもらしてしまいました。叔母さんはブラウスの前を開けて豊満な乳房を露出させ、赤ん坊にお乳をあげていたのです。

「あっ、勝之君、お腹すいちゃった？　お昼ご飯はもうちょっと待っててね。今はこの子のお食事タイムだから」

赤ん坊に乳房を吸われながら、叔母さんはなんでもないふうに言いました。

田舎ならではなのか、叔母さんはなにも気にしない様子でしたが、私はドギマギしてしまいました。

赤ん坊はそんな私に自慢するように乳首を吸い、白くてやわらかそうな乳房を両手でグイグイ押しているんです。

それを見ていて、私は自分もあの赤ん坊のように叔母さんに甘えてみたいという気持ちになってしまったのです。

その日は一日じゅう、私の頭から叔母さんのオッパイが消えることはありませんでした。それに、赤ん坊の他には私と叔母さんだけしかいないということで、どうしても意識してしまい、叔母さんの顔をちゃんと見ることができないんです。

話しかけられてもろくに返事もできず、目が合うと顔が赤くなってしまう私を見ていて、女性に対してあまり免疫がないと思ったのでしょうか？　夕飯のときに、叔母さんが私に訊ねました。

「ねえ、勝之君は彼女はいないの？」

一瞬、私は返事に困りました。じつは当時、私は失恋したばかりで、一人で遠くまで来たのは傷心旅行でもあったのです。

私がそのことを正直に告白すると、叔母さんはなんとも言えない目で私のことを見つめました。

「あらあ……かわいそうに、ごめんね……」

そのとき、隣の部屋に寝かせていた赤ん坊が泣きはじめたため、叔母さんは箸を置いて大急ぎで赤ん坊のもとに駆けつけました。

「どうしたの？　お腹すいちゃったかな？」

そう言う声が聞こえたと思うと、赤ん坊はすぐに泣きやみました。

襖の向こうで、今もまた叔母さんは乳房を露出させて、赤ん坊にお乳をあげているかと思うと、私は股間が硬くなってしまいました。

血はつながっていないとは言っても、相手は親戚です。それに今朝、叔父さんに「女房と息子のことを頼んだぞ」と言われたばかりです。

それなのに、叔母さんに対して劣情を抱いていることに、私は罪の意識に苛《さいな》まれてしまいました。

私は残りのご飯を一気に口の中に掻き込むと、逃げるようにして居間をあとにしました。

そしてその晩、事件は起こりました。

私は客間に泊まらせてもらっていたのですが、明かりを消して布団に入っても、昼間見た叔母さんの乳房が頭のなかに浮かんできて、どうにも眠れそうにありませんでした。

眠れないどころか、目がギンギンに冴えてしまい、股間はずっと勃起したままです。よその家に泊めてもらっているのに、そこで親戚の叔母さんのことを思いながらオナニーをするわけにはいかないと必死に耐えていたのですが、まだ二十歳そこそこだった私はついに我慢できなくなってしまいました。

それでトランクスの中に手を入れて、すでに勃起していたペニスを握りしめたとき、襖がすーっと開く気配がしたんです。

薄目を開けて見ると、そこには叔母さんが立っていました。シミーズというのでしょうか？　スリップというのでしょうか？　薄い下着姿で私を見下ろしているんです。

私はペニスを握りしめたまま固まってしまいました。

タオルケットを掛けていたので、私がオナニーをしていたことには気づかれていないはずでしたが、叔母さんはその場にしばらく立ち尽くしているんです。そして、なにを思ったのか、私と並ぶように布団に横になり、身体を擦り寄せてきたのです。

やわらかな髪が頬に触れ、なんとも言えないいい匂いが私を包み込みました。

握りしめたままだったペニスは、ますます硬く力を漲らせていきました。

もしも勃起していることに気づかれたらどうしようと不安に思っていたら、そのときはすぐにきてしまいました。

叔母さんがタオルケットの下に手を入れてきたんです。その手はすぐに私の股間にたどり着きました。

すると叔母さんは私の耳元で驚きの声を出しました。

「まあ、勝之君、起きてたの？　それに、なに？　オチ○チンをこんなにしちゃって。私が入ってくる前から勃起してたんでしょ？」

呆れたように言いながら、叔母さんは私のペニスを握りしめました。

「うっ……叔母さん、なにするんですか？」

私はもう眠っているふりつづけることもできずに、身体を起こしました。すると叔母さんも同じように身体を起こし、私の腕に胸を押しつけながら耳元で囁くんです。

「昔はこの辺りじゃ、こういうのも当たり前だったのよ。本当は男がするんだけど、勝之君はそういうことができなさそうだったから」

叔母さんが言うのは、夜這いの風習のことのようでした。

叔父さんの家は田舎だったので、わりと最近まで夜這いの習慣が残っていたと聞いたことがありました。

「なんだか今日は勝之君の様子が変だったでしょ？　それはたぶん、私が息子にお乳をあげてるのを見たからでしょ？」

「そ、それは……」

図星でした。私はとっさにごまかそうとしましたが、なにも言葉が浮かびません。

「いいのよ。別に怒ってなんかいないから。それに、勝之君は失恋したばかりで、女性の優しさに飢えてるんじゃない？　私、そんな勝之君を慰めてあげたくなっちゃったの」

そう囁くあいだも、叔母さんは私のペニスを握りしめたままで、その手をゆっくりと上下に動かしているんです。

ひんやりと冷たい叔母さんの手の感触が気持ちよくて、私のペニスはピクピクと痙攣してしまうぐらい硬く力を漲らせていきました。

「ねえ、いいでしょ？　だけど、このことはあの人には秘密よ。約束できる？」

私は無言でうなずきました。叔父さんへの罪悪感はありましたが、叔母さんの魅力はそれ以上だったんです。

「よかったわ。勝之君に拒否されたらどうしようって心配してたの。じゃあ、まずはお口でしてあげるわね」

叔母さんはタオルケットをめくり、私のトランクスを脱がしました。

「ああ、すごいわ、こんなになっちゃって……」

完全に勃起している私のペニスをしげしげと見つめ、ゆっくりと顔を近づけてきました。そして、舌を長く伸ばして、亀頭をペロリと舐めたんです。

「ううっ……」

私は思わず声を出してしまいました。

「息子が寝てるから静かにね」

叔母さんは私にそう言うと、まるで意地悪して声を出させようとしているかのように、ペロリペロリと亀頭を舐め回しはじめました。

舐められるのはもちろん気持ちいいのですが、それ以上に、美しい叔母さんが自分のペニスを美味しそうに舐め回してくれているということが私を興奮させたのです。

「あら、なにか出てきたわ」

ペニスの先端に滲み出てきた我慢汁を見てそう言うと、叔母さんはそこに唇をつけてズズズと音を鳴らして啜り、そのまま亀頭をパクッと口に含みました。

そして、首を前後に動かしはじめたんです。

口の中の粘膜でねっとりと締めつけながら、そうやって首を動かされると、強烈な快感が私を襲いました。

「ううう……叔母さん、気持ちいいです……はううう……」

声を出してはいけないと思って我慢すると、よけいに快感が強烈になりました。

そんな私の顔を上目遣いに見つめながら、叔母さんはペニスをしゃぶりつづけたのです。

ペニスをしゃぶる叔母さんの口元越しに、下着の襟ぐりから覗く胸の谷間がはっきりと見えました。そして乳房は、ブラジャーをつけていないためにタプンタプンと揺れているんです。

いちおう女性経験はありましたが、それでもこんなに興奮したのは初めてでした。もう自分を抑えきれなくなり、私は叔母さんに言いました。

「ねえ、今度は僕が……」

「いいわよ。好きなようにしてみて」

ペニスを口から出すと、叔母さんはペロリと唇を舐め回しました。私は叔母さんを抱きしめて、唾液でいやらしく光る唇に、自分の唇を押しつけました。

叔母さんの唇はすごくやわらかくて、そうやって触れ合わせているだけでうっとりしてしまうほど気持ちいいのですが、すでにかなり興奮していた私はすぐに叔母さんの口の中に舌をねじ込んでいました。

すると叔母さんも舌を絡め返してきて、ふたりの舌がピチャピチャと音を立てたんです。クラクラするぐらい興奮しながら、私は叔母さんの胸に手を伸ばしました。

下着の上からでも、その大きさがはっきりとわかりました。私の手にあまるぐらいの大きさなのです。

「すごい……。叔母さんのオッパイ、すごく大きいよ」

私が感動していると、叔母さんは自ら下着を脱ぎ捨てながら言いました。

「だって、子供を産んだばっかりだから。まあ、もともと大きいほうだったけど、ふだんよりふたまわりは大きくなってるかな」

そして、剝き出しになった乳房を私に向かって突き出してみせるんです。

昼間、チラッと見ただけで眠れなくなるぐらい興奮した乳房が、今は完全に露出した状態で、私の目の前でプルプル揺れていました。

気がついたら、私はそれにむしゃぶりついていました。

「あぁぁん、乱暴ね。もっと優しくしてちょうだい」

そう言いながらも、叔母さんは私の頭を抱きしめるようにして優しく撫でてくれたんです。

私は汗ばんだ叔母さんの乳房を舐め回し、乳首を口に含みました。そして、赤ん坊の真似をして吸ってみました。

すると、液体が出てくるのがわかりました。唇を離すと、褐色の乳首の先端から白い液体が滲み出ていました。

「母乳が出てきた……」

「飲んでもいいわよ」

叔母さんがそう言い終わるかどうかというタイミングで私はまた乳首を口に含み、

チューチューと音を鳴らして吸いました。

口の中に母乳の味が広がっていきました。

それはあまりはっきりしない味で、とくに美味しいわけではありませんでしたが、叔母さんのオッパイから出ている母乳だと思うと、なんともいえないぐらい美味に感じたんです。

私は夢中になって吸いつづけました。そんな私の勢いに押されるようにして、叔母さんは布団の上に仰向けに横たわりました。

「あああぁぁん、そんな吸い方をされたら変な気分になっちゃうわ」

それでも私は叔母さんに覆い被さるようにして左右の乳房を交互に舐めたり吸ったりしました。そして、充分満足すると、私の興味はようやく違う場所に向かいました。

まだ乳房を吸いながら手を伸ばして内股に触れると、そこはじっとりと汗ばんでいました。私はそのまま付け根のほうに手を移動させました。

パンティに包まれた股間を指でそっと押すと、叔母さんの身体がピクンと震えました。

「あぁぁぁん、そこは敏感なの。優しくしてね」

「うん。優しくするから」

私はおヘソのほうからパンティの中に手をねじ込みました。陰毛が指先に触れ、さらに奥まで進むと、叔母さんの陰部にたどり着きました。

そこはすごく熱くて、もうぬるぬるだったんです。

「ああ、なんだかすごいことになっちゃってますね。どうなってるのか、見てもいいですか？」

「恥ずかしいけど、勝之君が見たいならいいわよ」

私はすぐに両手でパンティをつかんで引っ張りおろしました。叔母さんはお尻を上げて協力してくれました。

そして、私がつま先からパンティを抜き取ると、なにも言わなくても、叔母さんは両足を開いてくれたんです。

その正面に座り込んだ私には、叔母さんのアソコが丸見えでした。

「ああ、すごくきれいだ……」

私は溜め息をもらしました。

叔母さんのアソコは、色白の肌から想像できるとおりの、淡いピンク色でした。子供を産んだばかりの女性のものとは思えません。

私は叔母さんのアソコに食らいつき、割れ目の奥をペロペロと舐め回しました。

「あぁぁ、すごい……はあぁぁぁん、勝之君、上手よ。はあぁぁ……」

叔母さんは身体をのたうたせながら、悩ましい声を出しつづけました。その声をもっと聞きたくて、私は叔母さんのクリトリスを口に含みました。

そして、さっき乳首にしたのと同じように吸い、舌で転がすように舐め回し、軽く甘噛みしました。

「はああっ……だ、だめ……あああああんッ……」

叔母さんは苦しげな声を出したと思うと、全身を硬直させて、次の瞬間、身体をビクンと震わせました。

「えっ？　叔母さん、ひょっとして……？」

私が訊ねると、叔母さんはまだヒクヒクと身体を震わせながら、苦しそうな声で言いました。

「そうよ。イッちゃったの。はあぁぁ……恥ずかしいわ」

自分のクンニで叔母さんがイッてしまったというのが、私はうれしくてたまりませんでした。

「じゃあ、イカせてくれたお礼に、今度は勝之君にエッチなことをさせてあげるわ」

「エッチなこと？」

「そうよ。オッパイで気持ちよくしてあげる」

叔母さんは自分で乳房を麓のほうから絞り上げるように揉みました。すると、乳首から母乳がぴゅーっと出るんです。それを乳房全体に塗りたくりながら言いました。

「さあ、このオッパイのあいだにオチ○チンを入れて」

私は言われるまま、叔母さんの身体に跨がってオッパイのあいだにペニスを押しつけました。

「さあ、そのままセックスするときのように動かして」

叔母さんは左右から乳房でペニスを挾んで言いました。

パイズリというやつです。そういうプレイの存在は知っていましたが、もちろんしたことはありませんでした。

私は興奮で鼻血が出そうになりながら、腰を動かしつづけました。やわらかなオッパイに挾まれ、さらに母乳が潤滑油になって、ぬるりぬるりと滑るので、猛烈に気持ちいいんです。

「うう……すごい……すごく気持ちいいです」

「母乳のローションなんてエッチでしょ? 赤ちゃんが生まれたばっかりだからこそできるプレイよ。勝之君、ラッキーだったわね」

しかも、私の腰の動きに合わせて、叔母さんの乳首からはピュッピュッと母乳が噴き出すのですから、そのいやらしさは想像したこともないものでした。

興奮しすぎて、すぐに私は射精の予感がこみ上げてきました。

「ううっ……叔母さん、僕、もう……」

「あぁぁぁん、まだだめよ。もうちょっと我慢して。さあ、仰向けになって」

叔母さんがなにを求めているのかはすぐにわかりました。私も、叔母さんのアソコに入れたくてたまらなかったのです。

「ほんとにいいんですか？」

「いいの。私の気が変わらないうちに」

そう言われると、私は大慌てで仰向けになりました。

すると叔母さんは、母乳にまみれたペニスをつかんで先端を天井に向け、その上に跨がるのでした。

そして、ゆっくりと腰を落としてきました。

「あううう……入っていく……叔母さんの中に入っていくよ……」

「はあぁぁん……すごく大きいわ……あああぁン……」

コンドームもつけていない私のペニスを根本まで膣の中に飲み込むと、叔母さんは腰を悩ましく動かしはじめました。

膣壁が私のペニスをぬるぬると締めつけます。しかも、私のペニスが膣奥を突き上げるたびに、乳首からピュッ、ピュッと母乳が噴き出たんです。

出産したばかりでふだんよりもふたまわり大きくなっているという乳房はすごい迫力で、おまけにその乳首から母乳が噴き出るんですから、それはもうとんでもない卑猥さで、まだ若かった私は悲鳴のような声をあげてしまいました。

「ああぁっ……もう……もう出ちゃう……うううッ……」

「いいわよ。このまま出して」

叔母さんはさらに腰の動きを激しくしました。

「えっ……いいんですか？」

「いいのよ。はあああぁん……いっぱいちょうだいぃ……あああああん」

「うううっ……で……出るよ、叔母さん……うううっ……で、出る出る出る！あううう！」

私は叔母さんの膣奥に大量に射精してしまいました。でも、叔母さんは許してくれません。

「もう一回ぐらいできるでしょ？」

そう言って叔母さんはアソコをキュッ、キュッと締め付けるんです。大量に射精して満足しかけていた私のペニスでしたが、その刺激ですぐに硬くなってきました。

「それなら今度は僕が上に……」

私は身体を入れ替えて上になり、正常位で激しく腰を動かしました。そして、叔母さんの乳首を吸い、母乳を飲みながら、もう一回射精したのです。

「はあぁ、すごかったわ。このことは誰にも言っちゃだめよ。じゃあ、お休みなさい」

叔母さんはそう念を押すと、自分の寝室へ戻ってしまいました。

翌朝はいつもどおり、なにもなかったかのように接してくるので、私も前夜のことについてなにも言うことはできませんでした。それ以降も、あの夜のことについては一度も話したことはありません。

叔母さんがなぜ中出しまで許してくれたのかよくわかりませんが、後に叔父さんと叔母さんは離婚してしまいました。今では私とも縁が切れてしまい、会うことも叶いません……。

未亡人の叔母を犯した罪深き過去
甘くほろ苦い初めての中出し体験

田中正勝（仮名）　警備員　六十二歳

ずっと心の奥底にしまっておいた秘密を、ここに記したいと思います。

恥ずかしく、罪深い記憶です。もう四十年以上前、美しい義母と私の、禁じられた関係の物語です。

私は北関東の、とある繁華街で生まれました。父と母はそこで小料理屋を営んでいましたが、実の母は私が十五歳のときに病気で亡くなりました。

その後しばらくは父と私だけの男所帯だったのですが、私が十九歳のとき、父は後妻を迎えたのです。

「これから、一つ屋根の下、よろしくお願いしますね……」

昭和四十七年、再婚相手の千代子《ちよこ》さんというその女性から初めて挨拶されたときのことを、昨日のことのように鮮明に思い出すことができます。

父より十歳以上若い、美しい女性でした。細面で、昔ながらの日本女性という感じの美貌でした。板前の家に後妻で入るような人ですから、当時としても昔気質《かたぎ》の女性だったと言えると思います。

はっきり言って私は、義母が家にきた最初から彼女を女として見ていました。千代子さんが用意してくれた食事を食べているとき、ちゃぶ台で差し向いになった私はたびたび彼女の顔をじっと見つめてしまいました。自然にそうなってしまうのです。そして千代子さんのほうでも視線に気づいて、そっと目を逸らすようなことがありました。そんなときの彼女の頬はうっすらと赤らんでもいたのです。

自分の感情は義母にも伝わっている……そしてそのことに彼女が悪感情をもっていないという事実は、私を興奮させました。

当時、私はまだ童貞でした。

自分の周りにいた同年代の女性は翔んでるというか、ヒッピーのようなアバズレばかりで、私の好みではありませんでした。私は当時の若者としては珍しく、昔ながらの、着物が似合うような年上の女性が好きだったのです。もしかしたら実の母を早くに亡くしていることが、このような好みに関係しているのかもしれません。

実際、千代子さんは父の店を手伝うときは着物姿でした。そして着物姿なのに体の線が浮き立って見えるほど、豊満な肉体の持ち主だったのです。

けっして太っているわけではありませんが、お尻と胸にしっかり肉がついているという感じです。見ているだけで、やわらかいのがわかる、そんな体でした。

若い私にとってその姿は目に毒でした。千代子さんがただ立っているだけでも、それは私への誘惑に他なりませんでした。

私の我慢はもう、限界でした。

ある日父が買い出しで家を空けている隙に、私は千代子さんにキスしました。台所で洗い物をしている彼女を後ろから抱きしめ、不意打ちで唇を奪ったのです。

「んんっ……！」

千代子さんの体が一瞬硬くなって、その後とろけるように脱力したことをよく憶えています。しかし千代子さんは私からやっとのことで身を離しました。

「ダメじゃない……こんなことしちゃ……」

言いながら、千代子さんは微笑を見せました。けっして嫌ではなかったのです。

その日はそこまででしたが、それ以来私は父の目を盗んでたびたび千代子さんに迫るようになりました。千代子さんも、ちょっとしたスリルを楽しんでいたのだと思います。いつも許すのはキスまでで、最後の一線は譲りませんでした。でも、彼女自身も私から言い寄られることが内心嫌ではない様子でした。

でも、若い私の欲望は生殺しの状態です。あるときいつものように父が不在の家で千代子さんに迫っているとき、私はとうとう我慢できなくなってしまいました。

「ねえ、お願いだよ、俺と……」

私は猛った股間の一物を取り出して見せました。

「やだ……なにを……！」

千代子さんは嫌がる素振りを見せつつも私の熱いキスを受け入れました。

私は千代子さんのスカートをめくりあげ（彼女は自宅では洋装でした）、ズロースの中に指を入れました。

女の体の仕組みもよくわかっていないころです。ただやみくもにスリットの中に突っ込んだ指先を動かしただけですが、千代子さんは悩ましい声を出して身をよじらせました。私の指が濡れました。どんなに興奮したか、とても口では言い表せません。

そのとき私は、自分の体に電流が走ったのを感じました。千代子さんが、自分から私の肉棒に手を伸ばしてきたのです。

すでに先走りの汁をしたたらせている熱い肉棒に、少し冷たい千代子さんの指先が絡みつき、這いまわりました。

あの淑やかな、和服の似合う日本女性が自分から男を興奮させようとしているという事実に、私の心はほとんど混乱状態でした。理性が吹き飛んでしまったのです。

「お義母さんっ……！」

私は彼女の体を抱きかかえ、下着を強引に脱がしました。そして太ももを両の腕に抱きかかえて今まさに挿入しようとした瞬間を、父に見られたのです。

「お前ら……なにをしていやがるっ！」

興奮状態だった私たちは、予定より早く家に帰った父が玄関を開けて家に入り込んだことにも気がつかなかったのです。

父とは修羅場となり、近所の人がやってくるほどの騒ぎになりました。なんとかその場は収まったものの、私はもうとても家にいられる状態ではありませんでした。

数日後、私はほとんど家出同然に故郷を離れました。上京して大学に進学していた友人の部屋にやっかいになり、その後一人暮らしを始めました。

それからずっと実家には寄り付かなかったのですが、四年と少しが経《た》ったころ、私のもとに千代子さんから手紙が届きました。父が急死したのです。

私は父の葬儀に出るため、何年ぶりかで故郷の実家に戻りました。

私が着いたのは夜遅くで、家の座敷には通夜を済ませたばかりの千代子さんが喪服姿のまま座っていました。弔問客も帰ったあとで、千代子さんひとりです。

私ははっと息を呑みました。

喪服姿の千代子さんの美しさに驚かされたのです。

その美しさはなんと形容すればよいのかわかりません。千代子さんの美貌はそのままでした。化粧もされていない肌なのに透きとおるように白く、喪服とのコントラストで輝くばかりでした。

泣きはらした目は濡れて赤く、本人の意思とは無関係に妖しく淫らな雰囲気を醸し出していました。そして私が家を出る前と同じように、着物の上からでもわかるほどに豊満な乳房をしていたのです。

四年という時間がまったくなかったかのようです。あの日と同じように私は彼女に欲情してしまいました。

亡くなったばかりの父への想いなど、はっきり言ってそのときの私にはありませんでした。ただひたすら、千代子さんの喪服の下を見て、味わってみたいという劣情だけに突き動かされていました。このときの私は獣、畜生そのものでした。

「お……お義母さん……」

私が千代子さんに声をかけると、まつげを濡らした彼女が私の胸板にしなだれかかってきました。

千代子さんの肩を抱いた瞬間、私はもう我慢ができなくなりました。私はそのまま美しい未亡人となった千代子さんの肉体を、押し倒してしまったのです。

「い……いやっ！　こんなときに……！」

初めのうちは抵抗していましたが、泣き疲れた体に力は入りません。畳の上に体を押しつけ、私は千代子さんにキスをしました。

「ん……ん……！」

長い時間、そのまま唇を貪りました。四年ぶりに味わう千代子さんの唇です。やわらかさも、舌の感触もそのままでした。

どんなに味わっても味わい足りないという思いでした。

次第に千代子さんも自分から舌を絡みつかせてきて、少しずつではありますが、私の想いに応えてくれたのです。

長いキスがようやく終わったとき、二人分の唾液が唇と唇の間でいやらしい銀色の糸を引きました。千代子さんの上品な顔立ちとのギャップで、私の興奮はいやがうえにも高まりました。

「だめ……だめ……いまは……！」

千代子さんは私に両手首を押さえつけられ、私の体の下で仰向けになったまま、首を横に向けました。

全身が小動物のように震えています。父への罪悪感に震えていたのです。

その姿を見た私のペニスは、はち切れんばかりでした。

不幸のどん底にいる女性というのはどうしてこんなにも魅力的なのだろうと、不思議に思うほどでした。

私はもどかしくズボンのベルトを脱ぎ捨て、下腹部を露《あらわ》にしました。

「お願いだよ……触ってよ……あのときの続きを……！」

このときすでに私は童貞ではなくなっていましたが、四年前、未遂に終わった初体験の続きを、千代子さんと遂げずにはいられなかったのです。

千代子さんの震える指が、私の肉棒をつかみました。あの日と同じように、私の体を電流が走り抜けていきました。

手筒にされた千代子さんの指が、私の肉棒をゆっくり上下にしごきました。

そんな卑猥な行為をしながら、私を見つめる千代子さんの顔は、あくまで悲しみに濡れた未亡人の顔なのです。

私は千代子さんの脚をつかんで、ぐいと引き上げました。喪服の裾がはだけて、白い太ももが露になりました。白く脂ののった肌が目に眩しく焼き付きました。

私の手が太ももの内側に触れると、千代子さんの体がビクッと大きく蠢きました。

私の指先が敏感な部分に近づいていくと、千代子さんの呼吸はどんどん激しくなっていきます。

「あ、あ……だめ……だめぇ……！」

私の指先が繁みに到達しました。喪服の下に、下着はなかったのです。

繁みに埋まりこんだ指先がぴちゃ、と濡れるのを感じました。

夫が死んだばかりだというのに、千代子さんの肉裂は義理の息子の指先に感じてうれし涙を流していたのです。

指先を濡らす蜜の量は、信じられないほどでした。そして千代子さんの指に弄ばれる私のペニスの先端も、濡れていました。

私はもう一度、千代子さんの唇に自分の唇を重ね合わせました。

舌と舌が絡むと、さらにたっぷりの蜜が奥から溢れてきました。

この蜜を味わってみたい。舌で感じてみたいという思いが、どうしても抑えきれませんでした。

「あっ！」

私が千代子さんの両脚をつかんで持ち上げ、露出された股間に顔を押し込んだとたん、千代子さんは小さな悲鳴をあげました。

私は千代子さんのオマ○コをまじまじと見つめました。

それは、濡れた唇そのものでした。

左右対称で、恥じらうように閉じ合わさっていた肉のふくらみを両手の指で左右に引っ張ると、テラテラと光るピンクの粘膜が顔を覗かせました。

濃い磯の香りに頭がクラクラしました。粘り気のある蜜がピンクの粘膜を濡らしています。永久に枯れることのない泉のようでした。

私は舌を突き出して、上の部分で重なり合うようにして肉芽を守っている皮を、こじ開けました。

「うはぁっ……んんんんっ……！」

千代子さんは大きな声をあげたあと、口を塞いだようでした。

それもそうでしょう。夫を亡くしたばかりだというのに、淫らな声をあげているのを近所の人に聞かれでもしたら大変です。

そんな健気な義母を、私は責め立てずにはいられなかったのです。

私は舌の表面をたっぷりの唾液で潤ませて、ピンクの粘膜すべてを覆うように密着させました。そしてゆっくりと時間をかけながら、排泄の穴に近いあたりから、膨らんで露出した肉芽まで、べっとりと舐め上げたのです。

「くっ……んっ、ふっ……んんんっ……！」

千代子さんのくぐもった声が、頭の上から聞こえてきます。

泣き声のような、歓喜の声のような、奇妙な悩ましい声でした。

千代子さんの両脚が閉じ気味になって、私の頭が白い太ももに挾まれました。

「も……もうよして……か、堪忍して……！」

蚊の鳴くような声で哀願されて、私は蜜で濡らした顔を上げました。

千代子さんは上半身を起こし、喪服の乱れを形ばかり直しました。そして床の間に置かれた父の棺へと目をやって、呟くようにこう言ったのです。

「ここじゃ……これ以上は……」

父の亡骸を前にして不謹慎と言われるかもしれませんが、私は歓喜しました。

千代子さんは、私から受けている行為を嫌がってはいないのです。父の姿が見えない場所であればその豊かな肉体を好きにしていいと、言ってくれているのです。

千代子さんは半分乱れた喪服姿のまま、隣の部屋、夫婦の寝室として使われていた部屋に入りました。私もすぐその後に続いて、敷居をまたぐなり、背後から千代子さんに強く抱きつきました。

「ずっと……ずっとこうしたかった……！」

私はうわ言のように千代子さんの耳元に囁きながら、喪服の胸を内側から押し上げる豊かな胸を揉みしだきました。

寝室にもまだ布団は敷かれていませんでしたが、構いませんでした。義母とふたり倒れ込むように畳の上に折り重なったのです。

私はふたたび千代子さんを自分の下に組み敷いて、着物の胸の合わせをはだけさせました。豊かな白い膨らみが露になって、仏間でもある座敷のほうから差し込んでくる明りに照らし出されました。

薄い桜色をした乳首が露出されました。その先端は硬く尖って、私の唇を待ち構えて震えているのです。

私は唇を濡らし、はやる心を押さえつけながらゆっくりと突起を味わいました。

「ン……ンン……ン……っ！」

千代子さんはやっぱり口を押えて声を殺しています。それは、派手に大きな声をあげられる以上に煽情的な光景でした。

喪服越しにも、千代子さんの体が熱くなっているのを感じました。

私は千代子さんの乳房を揉み、口で乳首を吸いながら下半身に手をやって、繁みの奥をまさぐりました。

すでにさきほどの愛撫で、草むらはべっとりと濡れています。

人差し指と中指を重ね合わせてオマ○コの奥深くに触れると、千代子さんは無言のままで背中を反らせ、足袋に包んだ足先を畳に突き立てました。

「感じているんですか……もっと、声を出したらどうですか……」

私が言うと、千代子さんは口を押えたまま、私の顔を見て、ふるふると顔を横に振りました。眉根を寄せた悩ましい表情を、心底美しいと思いました。

私は激情まかせに、やみくもに千代子さんの中に挿し込んだ指を動かしました。

千代子さんは自分の手の甲を噛んで声を立てまいとしていますが、かすかに小さな悲鳴が聞こえてきます。

その悲鳴のほとんどは、ああ、うう、という言葉にならない呻きでした。

しかし、私には聞こえてしまったのです。千代子さんが一瞬、私の父の名を小さく呼んだ声が。

私は衝撃を受けました。

千代子さんは、父の死んだ直後だというのにこんな淫らな快楽に溺れている自分自身を父に詫びたのでしょうか。それとも私に父の面影を重ね合わせて、父と愛し合っていた過去を思い返していたのでしょうか。

自分の体の奥に、なんとも言えない感情が湧き起こりました。

俺は親父の代用品じゃない、目の前にいる千代子さんが、親父のことを忘れるまで感じさせてやらなければ気が済まなくなりました。

私は立ち上がって、自分の下半身を千代子さんの顔の前にもっていきました。

「口に……咥えろ……」

私は震える声で千代子さんに命令しました。父の名を口にした千代子さんの唇を、自分の肉棒で汚さずにはいられなかったのです。

千代子さんは赤い目で眼前の猛った肉棒と私の顔を見比べました。

そして観念して肉棒に手を添えた瞬間に、私は自ら腰を突き出して、千代子さんの唇を犯したのです。

「うぐっ、ふぅ、んんっ、ぐっ……！」

苦しそうにもがく千代子さんの顔に、私は何度も腰を打ちつけました。

まるで性器の蜜のように、犯される口の奥から唾液が溢れてきます。そして太い肉幹に舌がまとわりついて、締めつけるように刺激してくるのです。

父にも、こんな猥褻な、淫らな行為をしていたのだろうか……そう考えると、気が狂いそうでした。そしてそんな思いとは裏腹に、私のペニスはそれまでに経験したことがないくらいに熱くたぎってしまったのです。

「んっ、ふう、くふぅん、ぐ、ぐふぅ……！」

千代子さんの口の動きはどんどん積極的になってきました。それはもう犯されているのではありませんでした。千代子さんが、私の肉棒を口で犯していたのです。

私の下半身の奥から、塊のように熱い快感がこみ上げてきます。このままでは口に出してしまう……そう思って、私はドロドロになったペニスを急いで千代子さんの唇から引き抜きました。

私はどうあっても、義母の性器の中で絶頂に達したかったのです。

「入れる……入れるぞ……！」

私は身に着けていたものをすべて脱ぎ捨て、千代子さんの体に改めて覆いかぶさりました。千代子さんの喪服を脱がすつもりはありませんでした。この漆黒の装いこそが、私をここまで発情させてしまったのです。

千代子さんは観念したように目を閉じています。そんな彼女の喪服の裾を引き上げて、白いむっちりとした下半身をむき出しにしました。

そして強引に太ももをつかんで広げ、すぐに肉棒の先端を突き立てたのです。

「んはぁっ……！」

すでに濡れきった肉の襞は、ズブズブとペニスを包み込んでいきました。

入口は熱い、底なしの沼のようでした。しかし奥に進むにしたがって、きゅうきゅうと肉棒を締め上げるのです。

「あぅ、うぅ……！」

私は思わず、歓喜の声をあげてしまいました。

そんな私を下から見上げる千代子さんの顔に、かすかにうれしそうな表情が浮かんだ気がしました。やっぱり、千代子さんは私を拒否してはいなかったのです。

その心の喜びが、肉体に直接に伝わってしまったのでしょうか。私はせっかく念願の挿入を果たした千代子さんの体内で、入れるなりすぐ発射してしまったのです。

「くっ……うぅ……！」

私の全身から力が抜けていきます。こんなはずじゃ……という思いでした。

千代子さんも、私が果ててしまったことには気づいていました。そして私にとっても意外な言葉が、千代子さんの美しい唇から漏れ出たのです。

「まだ、硬いまま……もう一度、このまま、できるでしょう……？」

なんと、千代子さんから二回戦を提案してきたのです。

驚く私の体を倒して、今度は千代子さんが私にのしかかってきました。体勢を変えているあいだも、千代子さんの性器はペニスを咥え込んだままです。

畳に仰向けになった私の下半身にまたがった千代子さんが、ゆっくりと、そして次第に激しく腰を動かしてきたのです。

「んっ、あっ、はっ、んんっ……！」

千代子さんの体が揺れ動き、喪服はもう腰のあたりに絡みついているだけの状態でした。豊かな乳房が揺れて、私の指先を誘惑しました。

すでに大量の精液を受け止めた千代子さんの膣口が、ぐじゅぐじゅといやらしい音を立てて出されたものを逆流させました。つながった部分からそれが溢れ出るのを見るのは、この世のものとは思えないほど淫らな眺めでした。

「お、お義母さん……また……また出る……！」

「いいの……いいのよ……きて……！」

二度目とは思えないほどの量の精液が暴発し、私の頭は真っ白になりました。

やはり義理とはいえ、千代子さんは私の優しい母だったのです。私の思いのすべてを、受け止めてくれたのですから。

第二章

秘めた倒錯愛が行き着く禁断情交

ふたりで暮らす母のオナニーを見たマザコン男性のいびつな親孝行とは……

渡辺裕貴（仮名）　会社員　二十五歳

その日、僕は物音で目を覚ましました。深夜の一時ごろです。静まりかえった家の中で、すすり泣くような声が聞こえるんです。僕は古い一軒家で母とふたりで暮らしているので、とうぜんその声は母のもののはずでした。

父が十年前に亡くなってから、母は再婚もせずに、女手ひとつで僕を育ててくれました。父の保険金が入ったとはいっても、それはたいへんな苦労だったと思います。だけど、母が泣いているのを見たことは、今まで一度もありませんでした。

いったいどうしたんだろうと心配になって、僕は音をたてないように気をつけながら母の寝室のドアを少しだけ開けて中をのぞいてみました。

すると母はベッドに横たわっていました。具合でも悪いのだろうかと思いましたが、僕は声をかけることができませんでした。

なんとなく異様な気配を感じたんです。

よく見ると、母は下半身にはなにも身につけておらず、上半身もパジャマの前がはだけた状態で、乳房が剝き出しになっているんです。

しかも、母はその乳房を自分で揉んでいるのでした。

ひょっとしてこれって……お母さんはオナニーをしてるの？

僕は心の中でそうつぶやきました。それまで、母が性欲のある女だなんて考えたこともありませんでした。だから僕は目の前の光景が信じられなかったんです。

でも、母は喘ぎながら悩ましく身体をくねらせているんです。間違いありません。母はオナニーをしていたんです。

そして母はうつ伏せになると、まるで犬のようにお尻を突き上げました。そこからは短い尻尾のようなものが突き出ていました。

それはまさしく尻尾のようにクネクネと動いているのですが、もちろん尻尾のわけがありません。耳を澄ますと低いモーター音が聞こえてきます。そうです。母はバイブレーターをアソコに挿入していたんです。

それは手を離しても抜けないほど、母のアソコにしっかりと突き刺さっているのでした。

ふと見ると、ベッドサイドの床の上には小さな段ボール箱が転がっていました。その箱には見覚えがありました。その日、たまたま早く帰宅した僕が宅配業者から受け取った、母宛の荷物です。

中身は確か、「電化製品」となっていたと思います。きっとあの中身がこのバイブレーターだったのでしょう。

通信販売でバイブを購入し、僕が寝たのを見計らってそれを使ってみたら、想像以上に気持ちよくて声を抑えきれなくなったということのようでした。

こんなバイブで慰めなければいけないほど、母は寂しい思いをしていたのです。そう思うと僕は思わず溜め息をもらしてしまいました。

と、その瞬間、母が僕に気づいたんです。

バイブが突き刺さったお尻を高く上げたままこちらを向いた母は、目を大きく見開きました。

「裕貴《ゆうき》ちゃん! ダメよ、見ないで!」

そう叫ぶと、バイブを抜く余裕もなく、母は掛け布団を頭まですっぽり被ってしまいました。それでも布団の下から、モーター音が聞こえてきます。気が動転して、スイッチを切ることもできないようでした。

高校生のときに僕がオナニーをしているのを母に見られたことがあり、そのときは逆に「恥ずかしいことじゃないわ。健康な男の子なら当たり前のことよ」と慰められたのを思い出しました。

そのときはしばらく母と顔を合わせることもできませんでしたが、母の言った言葉の意味が今、ようやくわかった気がしたんです。

だから僕は母に言ってあげたのです。

「お母さん、性欲があるのは恥ずかしいことじゃないよ。死んだお父さんの代わりに、僕がお母さんを慰めてあげるよ」

僕がそう声をかけると、布団の下から聞こえていたモーター音が消えました。

そして、ゆっくりと母が顔を出しました。母の顔は火照っていて、今までに見たことがないぐらい色っぽいんです。

僕はそのとき初めて、母を女として意識しました。

「裕貴ちゃん、今、なんて言ったの？」

「僕が死んだお父さんの代わりになってあげるって言ったんだよ。今までさんざん苦労をかけてきたから、今度は僕が恩返しする番だよ」

僕は母の前でパジャマを脱ぎ捨てました。

母のオナニーを見て、自分でも気づかないうちに興奮していたらしく、ペニスはすでに勃起状態で、ブリーフのウエスト部分からは亀頭が半分顔をのぞかせているのでした。

母は驚いた表情で固まっています。

そんな母に見つめられながら、僕は最後の一枚になったブリーフを脱ぎ捨てて、背筋を伸ばしました。勃起したペニスがドーンと前に飛び出して、ピクピク痙攣しています。それは自分で見てもすごく卑猥でした。

母も卑猥に感じたようでした。口の中に唾液が溜まっていたらしく、母はゴクンと喉を鳴らしたんです。

その音は思いのほか大きく、僕の耳にもはっきりと聞こえました。

「どう？ お母さん、そんなオモチャなんかよりはマシだと思うけど、やっぱり僕じゃお父さんの代わりにはなれないかな？」

「そんなことないわ。ありがとう、裕貴ちゃん。うれしいわ」

母は掛け布団を完全にはね除けて、ベッドの上に身体を起こしました。

パジャマが両肩からするりと滑り落ちて、母も全裸になりました。

大きな乳房が呼吸に合わせてわずかに揺れているのですが、その形は本当にきれいで溜め息が出るほどでした。

僕はますます興奮していき、それに連れてペニスの先端がまっすぐ天井を向いてそそり立ちました。

「あぁぁ……裕貴ちゃんのオチ○チン、亡くなったお父さんのとそっくりよ。とくにそのカリクビの開き方……。あぁぁぁ、たまらないわ」

写真で見る限り、僕は最近どんどん父に似てきているのですが、それは顔だけではなく身体のパーツもそうだったようです。

「お母さん、僕のこれに触って」

僕は勃起したペニスを左右に揺らしながら歩み寄って、ベッドに上りました。そして、母の前で仁王立ちして、下腹に力を込めました。

ビクンビクンとペニスが頭を振り、それを見た母は息をもらしました。

「はぁぁ……立派になったのね」

母は僕のペニスをそっとつかみ、上下に優しくしごいてくれました。

「ううっ、お母さん、気持ちいいよ」

「じゃあ、もっと気持ちよくしてあげるわ」

母は僕のペニスに顔を近づけてきて、亀頭にチュッと音を鳴らしてキスをしました。そして、ペロリペロリと裏筋を舐めはじめたんです。

息子の僕が言うのもなんですが、母はかなり美人です。そんな母がうっとりと目を細めながら、僕のペニスを美味しそうに舐めてくれている様子はとてもいやらしいんです。

僕のペニスは力が漲りすぎてピクピクと細かく痙攣してしまうぐらいです。

「あぁ、すごいわ。すごく硬くなってるわ。はあぁん……」

うれしそうに言って先端を自分のほうに引き倒すと、母は亀頭を口に含みました。そして、舌を絡めるようにして舐めしゃぶってくれるんです。

ピチャピチャと唾液が音を立てるのがいやらしくて、快感が何倍にもなるように感じました。

「あぁ、気持ちいいよ、お母さん、気持ちいいよぉ……」

そう繰り返す僕を上目遣いに見つめながら、母はフェラチオをつづけました。その様子は本当にうれしそうなんです。あんなオモチャで自分を慰めようとしていたのですから、生身のペニスに相当飢えていたのでしょう。

できればもっとしゃぶらせてあげたいと思いましたが、まだ経験の浅い僕には、母のフェラチオは気持ちよすぎました。

このままだとすぐに限界が訪れてしまいそうで、僕は母に言いました。

「お母さん、ダメだよ、それ。ううっ……気持ちよすぎて……」

「なに？　もうイキそうなの？　いいわよ、お母さんのお口の中でイっても」

母はいったんペニスを口から出して僕に言いました。

「でも……」

僕は母を気持ちよくしてあげたい思いから、こうやってペニスを差し出したんです。それなのに、フェラチオで一方的に気持ちよくしてもらうだけで終わるわけにはいきませんでした。

さすが母親だけあって、僕がなにを考えているのかわかったのでしょう。母は優しい笑みを浮かべながら言いました。

「一回ぐらい出したって平気でしょ？　ううん、一回出しておいたほうが、そのあとをゆっくり楽しめるはずよ。だって、裕貴ちゃんはお父さんの子供なんだもの」

父が絶倫だったのかどうかはもちろん知りませんが、確かに僕はまだ若くて精力がありあまっているので、つづけて二、三回することも可能です。

「わかったよ。その代わり、飲んでくれる？」

僕の言葉に母は一瞬、驚いたように目を見開きましたが、すぐにまた優しい笑顔に戻り、無言でペニスを口に含みました。

そして、またさっきよりもさらに激しくペニスをしゃぶりはじめました。

それは強烈すぎる快感で、すでに限界近くまで高まっていた僕はすぐに射精の予感をおぼえました。

「あぁっ……お母さん、出るよ……ううっ……もう……もう出るよ。はぁあぅ!」

全身の筋肉が硬直しました。

その瞬間、母の口の中でペニスがビクンと激しく脈動し、先端から勢いよく精液が迸り出るのがわかりました。

同時に母は首の動きをとめ、ギュッときつく目を閉じました。

そんな母の喉奥目掛けて、ドピュドピュと僕は何度も射精を繰り返したのでした。

ようやく射精が収まると、僕は満足して長く息を吐きました。

「はあぁぁ……お母さん、最高に気持ちよかったよ」

そう言って母の口からペニスを引き抜くと、母は口の中の精液がこぼれないように上を向き、唇を閉じました。そして、僕の顔を見上げながら、ゴクンと喉を鳴らして、たっぷりと放出した精液をすべて飲み込んでくれたのでした。

「お母さん!」

その瞬間、僕は感動に身体が震えてしまいました。実は女性に精液を飲んでもらったのは初めての経験だったのです。

以前、付き合っていた彼女に頼んでみたことがあったのですが、そのときは「汚いからイヤ」と断られていました。

僕のことが本当に好きなら、精液だってよろこんで飲んでくれるはずだと思っていたので、それがきっかけで気持ちが冷めて別れてしまったのでした。

でも、母は嫌な顔もせず、それどころかとても美味しそうに飲んでくれたんです。母に対する愛情が一気に高まりました。

そんな僕に向けて口を大きく開き、もう一滴たりとも精液が残ってないことを見せて、母は自慢げに言いました。

「ほら、約束どおり、全部飲んであげたわよ」

「すごいよ、お母さん。なんてエロいんだろう。今度は僕がお母さんを気持ちよくしてあげるよ」

僕は母を仰向けに寝かせると、両足首をつかんでグイッと押しつけました。母はオムツを替えてもらう赤ん坊のようなポーズに。

「ああぁぁん、いやよ、裕貴ちゃん、こんな格好、恥ずかしいわ」

母は両手で股間を隠してしまいました。

「ダメだよ、お母さん。これから気持ちよくしてあげるんだから、手をどけて」

「でも、こんな明るいところでなんて……」

「いいじゃないか、見せてよ。お母さんだって、僕のペニスをじっくり見たんだから、僕にだってお母さんのオマ○コを見る権利はあるよ。ねえ、お願いだよ」

僕が必死に頼むと、母はしぶしぶ手をどけてくれました。すると、母の陰部が僕の目の前に現れました。

それはもう愛液にまみれ、肉びらは分厚く充血しているんです。

「ああ……なんていやらしいんだろう。僕はここから産まれてきたんだね」

僕は溜め息をもらしながら、母の陰部にさらに顔を近づけました。ヒクヒクと蠢く膣口はもちろん、尿道口もはっきりと確認できます。

そのすべてが愛液にまみれて妖しく光っているのです。それは想像以上のいやらしさでした。

興奮して荒くなった僕の鼻息が粘膜にかかったのでしょう、母はピクンと腰を震わせると、鼻にかかった声で言いました。

「あぁぁ……恥ずかしい……。見すぎよ、裕貴ちゃん。お母さんを気持ちよくしてくれるんじゃなかったの？」

「わかってるよ。あまりにもいやらしい眺めだから、見惚れちゃったんだ。これから気持ちよくしてあげるからね」

僕は長く舌を伸ばして、母の割れ目の内側をペロリと舐めました。

「はあぁぁぁん……」

悩ましげな声を出しながら、母は身体をのたうたせました。

それでも母は股を閉じようとはしません。それどころか、自ら両膝の裏を抱えるようにして、僕が舐めやすいように、これでもかと陰部を突き出してくれるんです。

その思いに応えて、僕はペロリペロリと割れ目を舐めつづけ、さらには膣口に舌をねじ込んで奥のほうまで舐め回したり、ズズズ……とわざと大きな音をたてて愛液を啜ったりしてあげました。

「すごいわ、裕貴ちゃん。こんなにクンニが上手だったなんて、今までにいろんな女の子を相手にエッチなことをしてきたのね。あぁぁん、お母さん、妬いちゃうわ」

僕の過去のガールフレンドに嫉妬して、母はそんなことを言うんです。

「息子の成長は素直によろこんでもらわないとね。じゃあ、もっと他のクンニテクも見せてあげようかな」

そう言うと僕は、割れ目の端で包皮を押しのけるようにして顔をのぞかせているクリトリスを、舌先でくすぐるように舐めました。

「あぁぁん……そ……そこはダメぇ……」

母は腰をヒクヒクさせながら言うのですが、相変わらず両膝を抱え込んだままで、もっと舐めてほしいという思いが伝わってきます。

だから僕は執拗にクリトリスを舐めつづけました。

舌先から逃れるように、ぬるんぬるんとクリトリスが滑り抜けると、そのたびに母は悩ましい声で喘いでみせるのでした。

「あぁぁん……はあぁぁん……はっふぅぅん……」

母の声はじょじょに熱を帯びてきます。そうやってクリトリスを責めつづけた僕は、パンパンにふくらんでいるそれに食らいつき、前歯で甘噛みしてあげました。

「はああっひぃぃっ……」

母の口から出た滑稽なまでの喘ぎ声に、僕は気をよくして、さらに何度も甘噛みしながら、同時に舌先を高速で動かしてクリトリスを舐め回してやりました。

すると母の吐息がじょじょに小刻みになっていき、膝を抱えた手に力が入っていくんです。もう膝裏は真っ白になるぐらいでした。

僕はさらに噛んだり舐めたり繰り返しながら、母の膣に指を挿入しました。

「あぐうっ……だ、ダメよ、裕貴ちゃん……あああん……」

膣壁が指をきつく締め付けます。その狭さに驚きながらも、僕は指を抜き差ししました。もちろんクリトリスを責めながらです。さすがにその愛撫には、母はもう耐えられなくて、絶叫に近い官能の声を迸らせました。

「あああっ、い……イクイクイク……あああああん、イク～！」

同時に母は股をきつく閉じ、僕の頭を太腿できつく締め付けたのでした。

口を完全に陰部で塞がれ、僕は窒息してしまいそうになりましたが、もしもそのまま死んだとしても本望だったことでしょう。

もちろん、実際に窒息死することはありませんでした。母はすぐにぐったりと全身を弛緩させて、ベッドの上にだらしなく四肢を伸ばしたのでした。

「お母さん、僕のクンニはどうだった？」

「はぁぁ……すごく上手だったわ。お父さんはそんなことをしてくれなかったから、お母さん、びっくりしちゃったわ」

絶頂に昇り詰めてピクピクと身体を震わせながら、切なげな声でそんなことを言う母を見下ろしていると、さっき大量に射精してやわらかくなっていたペニスが、射精前よりもさらに硬く勃起しているのでした。

これで母の子宮を突き上げてあげないと、まだ終わりではありません。父の代わりに母にペニスを挿入してあげるというのが当初の目的だったのですから。

「お母さん、これからが本番だよ」

僕は母にそう声をかけて、見せつけるようにしてペニスを右手でしごきました。

「はあぁ……すごいわ……あああぁん、アソコの奥がヒクヒクしちゃう……」

「今からそのヒクヒクしてるところをいっぱい擦ってあげるからね」

僕は母の両足を左右に開かせて、その中心にペニスの先端を押しつけました。すると、すでにとろけきっていた膣口が、僕をあっさりと飲み込んでいくのでした。

「ううう……お母さんの中……すごく温かくて気持ちいいよ……」

「はあぁん……裕貴ちゃんの大きなオチ○チンが入ってくるわぁ……はあぁぁ……すごく奥まで入ってるぅ……。はあぁぁん、たまらないわ」

僕は根本までペニスを挿入してしまうと、母の上に覆い被さり、軽く唇を重ねながら言いました。

「お母さん、こういうのは好きかな?」

僕は根本までペニスを挿入したまま、円を描くように腰を動かしました。先端が子宮口をグリグリと刺激しているはずです。それは最近、雑誌のセックス特集で知ったばかりのテクニックでした。

恋人と別れたあとに知ったテクニックなので、実践するのは初めてのことでしたが、母の反応は予想以上でした。

「あああぁぁっ……いいィ……す……すごくいいわぁ……はあああん……」

母は下から僕にしがみつくと、気持ちよすぎてわけがわからなくなったのか、僕の背中に爪を立てるんです。

それはもちろん痛いのですが、その痛みが母の受けている快感の強烈さを伝えてくれているようで、僕はうれしくなってしまい、ペニスの先端でさらに激しく子宮口をグリグリしつづけました。

「どう？　僕のペニスは気持ちいい？　さっきのバイブとどっちがいい？」

「はあぁぁん……そんなの決まってるわ。あぁぁん、裕貴ちゃんのオチ○チンのほうがずっといいわ。はあぁぁん……最高よ。お父さんのよりも硬くて長くて、ああん、たまらないわ」

母にそう言ってもらえて僕はすごくうれしくなりました。だから、もっともっと気持ちよくしてあげたくなっちゃったんです。

「ありがとう、お母さん。じゃあ、こういうのはどうかな？」

僕は円を描く動きに抜き差しする動きを加え、母の膣の中を満遍なく擦ってあげました。

「ああ、ダメよ、裕貴ちゃん……そ……それ気持ちよすぎて、お母さん……もう……もうおかしくなっちゃいそうよ。はあぁっ……」

「おかしくなっちゃっていいよ。恥ずかしがらないで。僕たち親子じゃないか」

もちろん、母のとろけきった膣壁でペニスをヌルヌルと締め付けられて、僕もすごく気持ちいいんです。さっき口の中に大量に射精してなければ、すぐに限界に達していたことでしょう。ある意味では、母のおかげで恥をかかなくて済んだんです。

そんな思いもいっしょに込めて、僕は膣穴をペニスで掻き回し、さらには母の乳首を舐めたり噛んだりし、同時にクリトリスを指先でこね回して、三つの性感帯を同時に責めてあげたんです。

母は狂ったように喘ぎ、僕の下で身体をのたうたせました。

「あああ、もうダメ……イッちゃうわ。あああああん……」

「いいよ。我慢しないでイッちゃってよ。ううう……僕も……僕もまたイキそうだよ」

「じゃあ、裕貴ちゃん、お母さんといっしょにイキましょ。はあぁぁん。中に……

中にちょうだい……はあぁぁぁん」

「え？　いいの？」

「いいのよ。お母さんはもう生理は終わったの。だから、遠慮しないでいっぱい中に出して」

　母の膣の中に出すということを考えたとたん、僕はもうあっさりと限界を超えてしまいました。

「あああっ……ぼ……僕、もう……あああぁ、で……出るよ。はううう！」

　尿道を熱い体液が駆け抜けていき、それは母の子宮目掛けて迸りました。それと同時に母は身体を仰け反らせて、白い喉を晒しながら全身を硬直させたのでした。

「いッ……イグぅぅぅ～うッ！」

　その日以降、僕は今まで育ててもらった恩返しの思いも込めて、毎晩母を抱いて気持ちよくしてあげているんです。

　あっ、そうそう。あのバイブレーターは不燃ゴミの日に捨ててしまいました。だって母には僕がいるので、あんなものはもう必要ありませんから。

若かりし日の忘れられないあやまち
継母の愛と肉体で更正した不良少年

三田克彦（仮名）　会社員　四十五歳

私は小学校五年生のときに、実の母を失いました。

不治の病による、病死でした。

事故死とは違い、病室で日に日に痩せ細っていく母の姿を見て覚悟はできていたのですが、甘えっ子だった私には耐えがたいほどのショックでした。

泣きながら母を見送ったあと、父と二人の生活が始まりました。

父は典型的な昭和の男で、家事の一つもできません。

ただ、頑固だけれども誠実な人間で、不器用ながらも私の世話を懸命にしてくれました。それでもやはり、仕事との両立は父にとって相当の負担だったのでしょう。

母の死から一年ほどが経《た》ったある日、父は私に言いました。

「実は……家に新しいお母さんを迎えようと思ってる。克彦《かつひこ》はどう思う？」

私は子供ながらに、父の一年間の努力に感謝していました。

父が幸せになれるのなら、別に構わないと思いました。

「うん、いいんじゃない！」

私は努めて明るく答えました。でも内心は、複雑でした。「たとえ誰が来ようが、僕の母親は死んだ母さんだけだ」と思っていたのです。

私まで母の存在を忘れてしまったら、天国の母が悲しむと思ったのです。

「こんにちは。初めまして、克彦君。美保子《みほこ》といいます」

新しく母親になるという女性を、レストランで初めて紹介されたとき、私は正直驚いてしまいました。

なぜなら地味で真面目なだけが取り柄の四十四歳の父と比べると、彼女はとても童顔で、若々しく感じたからです。

「あの……今、何歳なんですか？」

初対面の女性に年齢を聞くなんてマナー違反です。でも、小学生の私にそんな気遣いができるはずもありません。

「おい、なんだ！　挨拶もなしにいきなり！」

父が私を叱りました。

「いいじゃないですか、家族になるんですもの」

彼女は笑いながら、私に顔を近づけて言いました。

「三十四歳です。けっこうオバサンでしょう？」

その笑顔は、当時人気のあったアイドルの菊池桃子《きくちももこ》に少し雰囲気が似ています。

「美保子さんは同じ職場の人なんだが、家事や料理のことを相談するうちに、その……あれだ……なんと言うか……」

しどろもどろになりながら、父が口をパクパクさせています。

「克彦君のことを、とても大切に思っているんだなって伝わってきたの。家庭をとても大事にする人なんだって」

汗まみれの父に代わって、美保子さんが答えました。

「それに仕事で失敗しても、いつもさりげなく助けてくれて尊敬もしていたの。気持ちを伝えられたときはちょっとびっくりしたけど……克彦君のお父さんなら幸せにしてくれそうだなって思って」

とても幸せそうな顔でした。父のことを褒められると、私も悪い気がしません。

「克彦君のこと、今日から『かっちゃん』て呼ばせてね！」

「は、はい……」

身構えていったわりにいい人そうだったので、なにか拍子抜けしてしまいました。

やがて、新しい〝お母さん〟が我が家に来ました。

とくに結婚式などをした訳でもなく、日常の生活にいきなり家族が増えた印象でした。私にとっては〝継母〟にあたる美保子さんですが、第一印象のままのとても優しい人でした。

彼女は私と仲よくなろうと、なにかと心を砕いてくれました

料理、洗濯、掃除。美保子さんはすべてをテキパキとこなし、文句をつけるところがひとつもありませんでした。

それどころか、コンビニの弁当を食べながら、ひとり父の帰りを遅くまで待っていたころに比べると、まるで天国のようでした。

父と二人だけのとき、美保子さんのことを「お母さん」と呼ぶように言われました。

でも私には、どうしてもそれができませんでした。

美保子さんのことを「お母さん」と呼んでしまうと、実の母との思い出が急激に色褪せていってしまうような気がしたのです。

事実、私は美保子さんのことを、どんどん好きになっていました……。

結局、私はいつまでも、彼女を「美保子さん」としか呼べませんでした。

やがて中学生になり、私も心はまだ子供ながら、体だけは一丁前に成長していきました。

精通を迎え、オナニーも覚えました。

性に関する知識も豊富になり、もちろんセックスという行為があるのも理解していました。それに従って、美保子さんが父に抱かれているという事実が、私を苦しめるようになりました。

母親としての愛情を注いでくれる美保子さんに対して、思春期の私は彼女を一人の女性として見ていたのです……。

そのうち美保子さんのお風呂をこっそり磨りガラス越しに覗いたり、深夜に彼女をパンティを盗んでは自慰行為に耽るようになっていきました。

そうして中学生の私は、少しずつ心のバランスを崩していったのです。

私はそのころから、非行に走るようになりました。

当時はいわゆる不良の文化が大流行していて、私の住んでいた田舎も例に漏れず、ガラの悪い地域でした。

学校じゅうがそういう訳ではないのですが、クラスに一人や二人は必ずヒロシやトオルがいて、女子は見た目からして積み木をガラガラとくずしています。

十五歳になると誰もが、盗んだバイクで走り出したくてウズウズしている……そんな時代でした。

私はじょじょに、そうしたツッパリふうの友だちとつるむようになっていきました。髪を赤く染め、学校もサボりがちになり、入っていたサッカー部からも自然に足が遠のきました。

「お前、なんだその格好は？　ふざけるなっ！」

そんな私の様子を見て、父が私を厳しく叱責しました。

「まぁまぁ、そういう年ごろなのよ。風邪みたいなものよね、かっちゃん！」

美保子さんが明るく笑って、間に入ってくれます。

庇われるのが、かえって苦痛でした。

私はそれ以来、なるべく友だちの家にたむろするなどして、自分の家にいる時間を少しでも減らすよう努めました。

中二のとき、私は童貞を捨てました。

相手はひとつ年上の先輩でした。

真っ赤な鳥の巣のようなパーマ頭で、いつも長いスカートを床に引きずっているような典型的な不良少女です。

前歯が虫歯だらけで、キスをすると妙に息が臭かったのを憶えています。

それでも多くの友だちがその先輩に筆下ろしをしてもらっていた、いわば天使のような女の子でした。

「克彦は、なんか……いつも寂しそうだね」

彼女もまた家庭に複雑な事情を抱えていて、私たちは不思議とウマが合いました。

「これ、吸ってみなよ。イヤなことなんて、スゥーッて忘れられるよ」

彼女はそう言って、ビニール袋に入ったシンナーを私に渡しました。

それを深く吸い込むと、最初は気持ちが悪くなりましたが、だんだんと頭がボーッとして楽しい気分になりました。

「うん……なんだか、変な感じ。でも……悪くないな……」

「でしょお！　これ吸ってエッチしたら、最高に気持ちいいんだから……」

そう言って先輩は、私にキスをしてきました。

それからの私は、シンナーを使った先輩とのセックスにひたすら溺れていきました。

シンナーを買う金ほしさに、美保子さんの財布からこっそり金をくすねるまでになりました。

だんだんと金額も大きくなってきたので、きっとバレていたに違いありません。

でも、美保子さんはなにも言ってきませんでした。

こんなことを父に知られたら間違いなく殴られてしまうのですが、何事もなかったのは、おそらく美保子さんが自分ひとりの胸の内に止めてくれていたからでしょう。

それがまたバツが悪くて、私は美保子さんに話しかけられても、俯いたまままろくに返事もできなくなりました。

そんな日々が続いたある日、父が出張で留守なのをいいことに、学校を抜け出して先輩と二人、自分の部屋にしけこみました。

すぐにシンナーを始め、肌を重ねました。

自分の家でシンナー使うのは初めてでした。

セックスがしたいのか、シンナーを吸いたいのか、もう自分でもわかりませんでした。

おざなりな儀式が済むと、二人で余韻を楽しみます。

先輩は使用期間が長いので、私よりずっと中毒が進んでいます。

空中になにかが見えるらしく、しきりに手を伸ばしてなにかを摑もうとしていました。

そのうち不意に立ち上がると、部屋の隅まで歩いて行きしゃがみました。

「ちょっと、トイレ借りるねえ」

そう言って、いきなりその場で放尿を始めました。

じょろじょろと噴出しつづける大量のオシッコが、フローリングの床に水たまりを作っていきます。

それが流れてきて、床に寝転がっていた私の腕を濡らしました。

「先輩、そこ……トイレじゃないし」

オシッコの妙な温かさに、なぜかゲラゲラと笑いが止まらなくなりました。

そのときでした。

オシッコの水たまりに、黒い影が映りました。

ゆっくりと顔をあげると、そこにはいつの間にか美保子さんが立っていました。

「なんだよぉ、勝手に、入って……くるなよぉ」

ラリっているせいか、動揺しているせいか、うまく舌が回りませんでした。

美保子さんは能面のように無表情でしたが、その目には深い悲しみが湛えられているように感じられました。

「ごめんなさいね。ちょっと……かっちゃんと話があるから。今日は帰ってもらえるかな？」

ふだんどおりの笑顔で、美保子さんは先輩に話しかけました。

先輩はオシッコで濡れたアソコを拭きをもせず、ダラダラと下着と服を身につけました。

そしてふらつく足取りでドアの前まで行くと、床を拭く美保子さんと寝たままの私を見つめながら言いました。

「じゃあね。『かっちゃん』も、大変だね……」

その顔には、同情と羨望が入り交じったような、渇いた笑みが浮かんでいました。

先輩が帰ると、私は目から星が飛び出るような衝撃を頬に感じました。

美保子さんからの強烈なビンタでした。

こんなに強い平手は、父からももらったことがありません。

しかし、美保子さんが次に取った行動は、私の予想とはまったく違うものでした。

美保子さんは私を、強く強く自分の胸に抱き締めたのです。

豊満な胸の谷間に、私の顔はすっぽり挟まれました。

そして……私の頭にポツリポツリと水滴が降ってきたのです。

美保子さんは泣いていました。

「私……秘密にしていたことがあるの。もう話しちゃうね……」

衝撃の告白でした。

美保子さんは、母が生きているときから……父と不倫の関係にあったというのです。

「誰にもバレていないと思っていたけど、お母さんは気づいていたの。それで病床から手紙をもらって……」

「なんて……書いてあったの？」

「すべてを許すから、自分がいなくなったら、克彦のことをお願いしますって……」

美保子さんは、いつの間にか号泣していました。

そして……そのまま私にキスをしてきたのです。

意味がわからず、私はそのまま動くことができませんでした。

美保子さんのキスは甘いフルーツのような味がしました。

先輩の腐ったヨーグルトのような味のキスとは、まったく別物でした。

さっき射精したばかりなのに、すぐに股間が硬くなっていくのが自分でもわかりました。

「美保子さん、どうして……」

「もっと早く、こうしていればよかった。私、かっちゃんの気持ちに気づいていたの。かっちゃんが私のお風呂を覗いてたり、下着を部屋に持ち込んだりしてるのも知っていたわ……」

あまりの恥ずかしさに、急速にシンナーの酔いが醒めていくようでした。

「私、お母さんから大切な息子さんを預かったと思っていたの。だからなんとかお母さんの代わりを務めようとしたけど……ダメだった」

美保子さんにはなに一つ落ち度はありません。

すべては私が子供だったからです。

私はなにも言えませんでした。

「かっちゃんは、もう私にとっても大事な息子なの。あんな女の子には近寄らせないわ……」

美保子さんとは最近ほとんど口もきいていなかったのに、彼女は私のことをずっと見ていてくれたのです。

「だから、私のやり方で……。いいわよね？　血は繋がってないんだし」

美保子さんの唇が、じょじょに下半身のほうに下がっていきます。

そしてそのまま、私のペニスに舌を這わせました。

「あぅっ！」

思わず声が出てしまいました。

今までにフェラチオをしてもらった経験はありました。

でも、先輩のフェラは虫歯の部分がとても鋭く尖っていて、痛くてあまり好きではありませんでした。

だから、フェラチオがこんなにも気持ちいいと知ったのは、このときが初めてだったのです。

柔らかくて滑らかな舌が、ペニスの根元から亀頭の先まで、いやらしく這いまわります。

快感の波が全身に広がって、もう蕩けてしまいそうでした。

「あの子と、どっちがいいかしら？」

「く、比べものにならないよ……」

「あの子の愛液……きれいにおそうじしなくちゃね」

今までに聞いたことのない、美保子さんの艶っぽい声でした。

母親ではなく、美保子さんの女の部分を初めて見たような気がしました。

美保子さんはそのまま、ジュブジュブと音を立ててペニスを吸い上げました。

深く深く、ペニスの先が喉の奥に当たるまで、温かい感触に包まれます。

すぐにでも爆発してしまいそうでした。

私は思いきって、美保子さんに自分の思いを伝えました。

「あ、あの……おっぱい、吸いたい……」

美保子さんは慈愛に満ちた笑みを浮かべながら答えてくれました。

「あまえんぼさんね。でも、かっちゃんが甘え足りないのは当たり前なんだから。なんでも遠慮しないで言ってね」

美保子さんはセーターとスカートを脱ぐと、ブラジャーも外しパンティ一枚だけの姿になりました。

そしてベッドに腰を掛けると、自分の膝を指さしながら言いました。

「かっちゃん、おいで」

私は誘われるがままに、美保子さんの膝の上で、乳飲み子のようにおっぱいに吸いつきました。

傍から見ればあきらかにおかしい、大きな子供でした。

でも大きくて柔らかい乳房に顔をうずめ、夢中で乳首を吸っていると、自分のなかの空白だった部分がゆっくりと埋まっていくような気がしました。

「おいしい？」

「……うん。おいしい」

「いい子ね。かっちゃんは可愛くて、いい子ね……」

美保子さんは左手で私を抱きしめながら、同時に右手で優しくペニスをしごいてくれました。

どれくらいそうしていたのでしょう、私はまた射精してしまいそうでした。

「美保子さん……出ちゃいそう……」

「かっちゃんは、どこで出したい？」

「美保子さんの……中で……」

美保子さんは私を抱きしめたまま、正常位の体位に私を導きました。

「私……子供の産めない体なの。お父さんは、それを承知で結婚してくれたの。だから……中で出していいよ」

事情を聞いて気の毒には思いましたが、そのときの私は情けないことに、今後も母親を独占できる喜びに満ちていました。

それくらい精神状態が子供に帰っていたのです。

「さぁ、きて……」

美保子さんが、私の亀頭を自分の膣口まで誘ってくれました。

ゆっくりと腰を突き上げると、私たちはひとつに結ばれました。

「あぁ、あぁぁ……かっちゃん」

「美保子さん、とっても気持ちいい……」

今まであった目に見えない垣根は、もはや私たちの間にはありませんでした。

舌を絡め合い、体温を感じ合い、性器と性器の接触を貪り合いました。

こんな歪んだかたちだけど、私たちは初めて、母子としての絆を共有できたような気がしたのです。

セックスがこんなにも心まで溶け合うものだとは、本当に知りませんでした……。

おそらく時間にしたら、ほんの数分だった思います。

私はすぐに絶頂を迎えてしまいました。

「も、もう……イキそう……美保子さん」

「いいよ。私の中に……思いきり出して……!」

ペニスの脈打ちで、信じられないほどの量の精子が、美保子さんの体内に注ぎ込まれていることがわかりました。

乱れた息をしながら、美保子さんは私の耳元で囁きました。

「やっと……かっちゃんと仲よくなれたかな?」

私は恥ずかしさのあまりなにも言えず、ただ目を伏せることしかできませんでした。

美保子さんはそんな私の様子を見て、クスクスと笑っていました。

「いつかかっちゃんに相応《ふさわ》しい、本当に好きになれる人が現れるまで、私に甘えてていいのよ……」

私たちは幸せに包まれたまま、いつまでもいつまでも抱き合っていました。

その後も私たちは、父の目を盗んで母子の歪んだ交流を続けました。

私ももともと、美保子さんのことが好きだったのです。

いったん壁が崩れると、行き違っていた二人の愛情は一気に強まりました。

やがて私は不良友だちとも縁が切れ、サッカー部にも復帰し、ごくふつうの中学生に戻りました。

一度だけ、街で先輩とすれ違ったことがあります。

私は先輩を追いかけ、シンナーをやめるように進言しました。

「うーん、私には……ムリ、かな」

先輩はそう言って、寂しそうに笑いながら肩をすくめて行ってしまいました
それ以来、先輩には会っていません。

あれからもう、三十年以上の月日が流れました。

私は結婚し、子供も生まれました。

たまに家族を連れて実家に顔を出すと、美保子さんは嬉しそうに息子の相手をしてくれます。

血は繋がっていなくとも、美保子さんにとっては「孫」で、息子にとってはすっかり「お婆ちゃん」です。

……実は、私は未だに美保子さんのことを、〝お母さん〟と呼べていません。

でもたくさんの愛情を注いでくれ、人生の節目節目で助けてくれた美保子さんのことを、今では本当の母より大切に思っているのです。

子どもに恵まれなかったバツイチ女が五十代のときに味わった相姦体験

山下幸枝（仮名）　無職　六十二歳

若いころに結婚したものの、わずか数年で離婚をした私は、その後、再婚相手に恵まれず、子どもにも恵まれないまま過ごしてきました。

そのため、妹のところに生まれた甥っ子の裕太郎《ゆうたろう》は、我が子のように可愛がっていました。誕生日やクリスマスにはプレゼントを買ってやったり、幼稚園の送り迎えや宿題の手伝いもしてやったりと、家族の一員のようにつきあいをしておりました。学級参観などでは親の代わりに出席したこともあるほどです。

そんな裕太郎は、私にとても懐いてくれ、まだ若かった私を気遣ってか、「ゆき伯母さん」とは言わず、「ゆきおねーちゃん」と呼んでくれました。今こそ「ゆきさん」に変わりましたが、〝オバサン〟と呼ばないあたりに、彼の優しさを感じています。オバサン……というよりも、オバアサンでもおかしくない年齢なのですけどね。

その裕太郎も、間もなく結婚です。ちょうど昨日、「オバさんに会わせたい人がいる」とフィアンセを連れてきました。とても可愛らしいお嬢さんだったのですが、昔の私にどこか似ている感じがしたのは、自分だけの胸に締まっておきましょう。

あんなに小さかったのに、もう結婚か……と感慨深さを味わっていたときに、ふと、昔、一日だけ、甥っ子とハプニングを起こしてしまったことを思い出しました。

裕太郎が社会人になって間もないころ、交通事故に遭《あ》ってしまったのです。

会社の営業車に乗って外回りをしているときに、居眠り運転のトラックに追突されるというかなり大きな事故で、肋骨を骨折するなどでしばらく入院することになりました。その後も、会社を休職して自宅で療養していたのですが、そんなときに、妹夫婦は揃って旅行にいく予定が前々から入っていました。旅行を取りやめようとしていた妹夫婦に、裕太郎は、

「もう大人なんだから大丈夫だよ。一人で動けるし。たかだか一週間なんだから行っておいでよ」

と言いました。しかし、一人で動けるといっても、まだ松葉杖をついての生活だったため、息子の様子を見てくれないかと頼まれ、私も「おやすい御用よ」と引き受け

たのです。

「そんな子どもじゃないんだから」

と言いつつも、ケガをしていたため、体の自由が利《き》かなく、やはり私が顔を出すのはありがたいようでした。

妹夫婦が帰ってくるという前の日ことでした。

私は夕食を作り、裕太郎といっしょに食べていました。その少し前に飲酒の解禁がお医者様から出ていたので、「ちょっと飲んじゃおうか」ということになりました。お酒を飲んでいるうちに、「彼女はいないの？」「会社にかわいい子、いるんじゃないの？」というような話になっていったのですが、裕太郎はとつぜん、こんなことを言いはじめたのです。

「実は俺、ゆきおねーちゃんのこと、子どものころ、すごい好きだったんだよね。友だちに、ゆきおねーちゃんと結婚するんだって言って、『親戚とは結婚できないんだぞー！』って言われて喧嘩になったこともあるんだぜ」

なんて言ってきたのです。

「あらー、私も裕太郎だったら再婚したかったわ」

最初のうちは笑い話として話していたのですが、酔いがまわってきたためでしょう

私は裕太郎の小さな乳首をペロペロと舐めはじめました。

「ウッ……ハァ……」

ピクッピクッと体を痙攣させながら、小さく呻く裕太郎の肌には快楽の鳥肌が立っています。ペロペロと乳首を舐めながら、爪の先で背中や脇腹をツツーッと撫で上げていきました。

「どう？　気持ちいいでしょ？」

キレイに割れた腹筋の割れ目に沿うようにして、爪の先を触れるか触れないかの微妙なタッチで撫でてやりました。首筋、鎖骨、乳首、胸板……と順にサラサラと撫でていくと、ウウ……と声をあげるのです。あまりにもかわいらしいので、私は思わず胸元に頭を抱き寄せてしまいました。すると、ブラジャーを引き下ろし、まるで赤ちゃんのように乳首をチュパチュパと咥えてきたのです。

「ああっ、裕太郎。なんて舌遣いなの……」

しかもその舌遣いは私の快楽のツボを的確につかんでいて、思わず大きな喘ぎ声をあげながら、仰け反ってしまったほどです。

「ゆきさん、乳首がコリコリになってるよ……」

そんな意地悪なことを言うので、私は負けじとブラを取り去り、おっぱいを露《あらわ》にしました。子どもを育てたことがないため、私の乳房のかたちは衰えておらず、乳首もまだ黒ずんではいませんでした。

「なんてきれいなおっぱい……」

裕太郎はそういうと私のおっぱいに顔を埋《うず》め、夢中で乳房を揉みながら、乳首を口の中で転がしていきました。温かい舌が私の乳首を包み、硬く尖った尖端はますます敏感になっていきました。

「ああ、そんなにされたら……もう入れたくなっちゃう。でも、まだよ……」

先に急ごうとする裕太郎を制止します。私は裕太郎の下着を引きずり下ろし、ビンビンになったイチモツを引っ張りだしました。

そして、そこに両手で抱えた柔らかいおっぱいをなすり付けてやります。

私のおっぱいは、ほんのり汗ばんでいて、まるで羽二重餅のようなもっちりとした弾力がありながらも、肌は蕩けるようなスベスベ感で、なによりも独特の柔らかさが自慢です。そのまたっぷりとした乳房で竿を包んでやり、亀頭の上から唾液をダラダラとたらし、その唾液を乳房で伸ばすようにして、竿をコネコネニュルニュルと刺激してやったのです。

「ウウッ……こんなことされたの初めてだよ……」

もはや裕太郎はされるがままです。

「どう？　こんなことしちゃおうかな……」

私は乳房を竿にムニュムニュと押しつけつつ、亀頭に舌先を伸ばしペロペロと鈴口を舐めてやりました。透明のガマン汁がドクドクと溢れていて、ほんのりしょっぱい味が口の中に広がっていきました。

「ウフフ、エッチな汁がいっぱい出てきてるよ。おいしい……」

そのままペロペロと亀頭を舐めながら、竿を乳房で刺激してやります。唾液を垂れるままにしているので、乳房も竿ももう唾液とガマン汁でニュルニュルでした。そのヌルヌルとした触感が気持ちいいようで、裕太郎はただただハアハアと喘ぎながら、されるがままになっています。

「ほーら、もっと強くシコシコしちゃおうかな……」

竿を乳房で左右からギュッと挾み、そのままシコシコと上下にしこっていきます。

「うう……そんなにされたら出ちゃうよ……」

「出していいよ。若いんだから、何回でもいけるでしょ？　イキたかったらイッていいんだからね」

私は亀頭に舌を伸ばしペロペロと舐めながら、乳房で竿をしごきました。

「うう……ああ……もうダメだっ！」

裕太郎の竿が一瞬のうちにムクムクとさらに大きく膨らみます。そしてビクビクとしなり、精子が勢いよく外に飛び出そうとしていたので、私はすかさず亀頭に唇を押しつけました。そのままスッポリと口内に竿を収めていったのです。青臭く、苦い精液が私の喉の奥を目がけてドピュドピュと発射しました。

私はそれを飲み干していきました。頬の内側の肉を竿に絡み付かせるように頬をすぼめて、バキュームフェラの要領で、精子を吸い取ってあげると、それは今までに味わったことのない気持ちよさだったようで、裕太郎はひたすら悶えていました。

「どう？　気持ちよかった？」

問いかけると、半ば頭が朦朧としているようで、うつろな表情でただコクコクと頷くだけでした。しかし、アソコはまだまだ元気です。さすがまだ二十代前半の若いオチ○チンだけはありました。

このとき私が交際していた五十代の男性とは大違いでした。この元気で硬いオチ○チンに激しく突かれるんだ、と想像すると、思わず私も胸が高まってしまいました。

「ねえ、今度は私のコトを気持ちよくして……」

私はおねだりし、ソファの上で足を大きくM字に開きました。

「じっくり見たことある？　見せてあげる。見て。こんなにトロトロになってる。どう？　色は？　すごく赤くなってるんじゃない？　興奮すると赤くなっちゃうのよ」

かわいい甥っ子に女の体の神秘を知ってほしくて、私はまくしたてるようにエッチな姿を見せてやりました。

「それでね、気持ちいいのはクリトリスだけじゃないのよ。クリは優しく優しく触ってね。このビラビラしたところの間もそっと撫でてみて。トロトロとした愛液を伸ばすようにね。そう、そう。そういう感じ。上手よ……」

食い入るように私のアソコを見つめてくる裕太郎の視線が痛いくらいでした。ジッと見つめながら、真剣に愛撫をするので、私のアソコはすぐにヒクヒクとしてきてしまいました。

「ほら、穴のところを見てみて。ヒクヒクと動いているのがわかるでしょ？　気持ちよくなってきた証拠なの。指を入れてごらん。少し入れると、上にざらっとしたところがあるでしょう？　そこがGスポット。そこをトントンって軽く押すように刺激してみて……」

裕太郎は言われたとおりに指を動かします。まだ経験が浅いためか、恐るおそる触れてきました。そのオドオドとした感じが可愛くて、母性がくすぐられるようでした。

胸がキュンキュンすると同時に、子宮もキュンキュンと疼き、快楽の波が押し寄せてきたのです。

「ああっ……上手。気持ちいいわ。どう？　指がギュッて締めつけられる感じになったでしょう？　気持ちよくなってくると、アソコのなかでどんどん動いていくのよ。そしてどんどん締まっていって、だから男の人も気持ちよくなるの」

「すごい、指がギューッて締めつけられて、痛いくらいだよ……」

「あ……出ちゃいそう……出ちゃう！」

私は裕太郎に向かって勢いよく潮を噴きました。

「ごめんね、これ、おしっこじゃないのよ」

「聞いたことはあるけど……はじめて見たよ」

裕太郎は驚きと喜びが入り雑じった表情で私を見ました。潮を噴かせたことで自信をもったようです。

「ゆきさん、イッたの？」

「うん、イッちゃった。でも、もっと気持ちよくなることしてあげる……」

私はそう言うと、裕太郎の足元に跪き、オチ○チンを口に含み、フェラチオをしました。実は、もう入れてほしくて、たまらなかったのです。

口をキュッとすぼめ、唇と頬の肉で陰茎を締めるようにしながら、ジュポジュポと音を立てて竿をしごきました。しごきながらも、軽くバキュームをして陰茎全体に口内の粘膜をまとわりつかせました。

さらに、両手をタマタマに軽く乗せ、優しく睾丸から会陰にかけてをナデナデと愛撫しました。すると、フェラチオで滴る唾液が、ヌルヌルと滴って、指先で優しく撫でられる感覚がとても気持ちいいそうなのです。これは今までの彼氏からも、とても評判のいい私の得意技です。そんな技をまだ経験人数の多くない裕太郎に試したら、いったいどうなってしまうでしょうか。

すると一気に、裕太郎のオチ○チンは、さらにパンパンに膨れ、ちょっと触れただけでもゴリゴリという硬さが伝わってくるくらいになりました。

この硬いオチ○チンでオマ○コの中を掻き回されたら、どんなに気持ちいいか。Gスポットをカリで擦られたら、どんな快楽の波が押し寄せてくるか……。想像するだけでジュンッと濡れてしまいました。

早く入れてほしい……そんな願いを込めながら丹念にフェラチオをしていると、

「うっ……ゆきさん、もうガマンできないよ。入れてもいい？」

と懇願してきました。

しかし、伯母と甥っ子の関係です。あれだけ楽しんでいたはずなのに、急に罪悪感がこみ上げてきて、我に返ってしまいました。

「裕太郎、ダメよ。それだけは……」

「ゆきさん、お願いだ。もうガマンできないよ」

「ね？　お口でしてあげるから」

「今日のことは一生の秘密にする。墓場までもっていく覚悟だ。明日からはまたいつもみたいに伯母と甥の関係に戻ろう。約束する」

真剣な目で見つめられ、私は断る理由を失ってしまいました。

「わかったわ……」

そう言って、私は足を大きく広げ、目を閉じました。すでに十分に潤っている蜜口に亀頭があてがわれ、メリメリと粘膜の割れ目を開きながら、甥っ子の硬く逞しい肉棒が押し入ってきました。

「ああ……すごい。こんなに立派になって……」

思わず伯母として、甥っ子の成長を喜ぶ感慨深さが溢れてきました。同時に、深い快楽も押し寄せてきたのです。

「気持ちいい……すごいわ。今日のこと、私、一生忘れられないと思う」

私は裕太郎の背中に手を回し、きつくきつく抱きしめました。

「ゆきさん、俺もだよ」

甥っ子はゆっくりと腰を動かし、奥へ奥へとその尖端を進めていきました。少しずつ陰茎にまとわりついていく粘膜の感触を味わっているようでした。

「ゆきさん、すごいキツいね。どんどん奥まで吸い込まれていくみたい……こんなにされたらすぐにイッちゃいそうだよ」

「まあ、そんな……」

私はそんなふうに褒められたことが恥ずかしくて、思わず顔を両手で隠してしまいました。

「かわいい……」

そんな私を裕太郎は強く抱きしめました。

「なんて柔らかくて気持ちいい身体なんだ。華奢で折れてしまいそうだ」

褒め上手な甥っ子に乗せられるようにして、私も高みへと昇っていきました。

大きな快楽の波が押し寄せてくれば押し寄せてくるほど、子宮が痛いほどにギュンギュンと収縮していったのです。おそらく膣道も子宮のうめきに合わせるように、締まりきっているのでしょう。

「うっ、中がヒクヒクと締まってくる……ダメだ、動かしたらイッちゃいそうだ。入れているだけで気持ちいいよ」

グリグリとした子宮口に亀頭を押し付けながら、昇天しそうになるのを裕太郎はこらえているようでした。

「イキたくなったらイッていいのよ……」

「ダメだ。まだダメだ。ゆきさんをイカせてからじゃないと」

裕太郎はそう言いながら、ゆっくりと腰を振りはじめ、しだいにその動きを早めていきました。カチカチの陰茎が私の内部をゴリゴリと掻き回します。パンパンに張りきったカリが、あちらこちらを刺激するので、私こそすぐに耐えられなくなってしまいました。

「ああっ、もうダメ。イッちゃうわっ！」

私はそう叫ぶと、あっけなくもオーガズムに達してしまいました。子宮を中心にして、快楽の波が全身を駆け巡ります。恥ずかしくもビクッビクッと手足を痙攣させながら真っ白になってしまった私は、しばらくそのまま失神していたようです。ふと気づくと、ソファはビチョビチョに濡れてしまっていました。

「また、潮を噴いてたよ」

裕太郎は驚いたように言いました。

「じゃ、俺も一度イカせてもらおうかな」

ふたたびゆっくりと腰を振りはじめようとしたのですが……。

「うっ、すごい締まってる。さっきよりもっと締まってるんだ！　搾り取られそうな感じだ。こんなの反則だよ。うわ、ガマンできない！」

「中でいいわよ」

「出すよっ！」

裕太郎はあっという間に果ててしまったのです。

私の中で、熱い精子がたっぷりとぶちまけられるのを感じました。あまりにも濃くて、ヒリヒリと内部が焼け付くようでした。

「すごい……いっぱい出たね」

「わかる？　あまりに気持ちよくて。でも、ほら、感じる？　まだ元気だよ」

なんと裕太郎の陰茎はまだ恐ろしいほどの硬度を保っていました。

「わかるわ……スゴイ、硬い」

「ゆきさんのが気持ちいいからだよ」

そのままふたたび腰をスライドさせ、しばらくピストン運動を楽しんでいました。

このようにして私たちはその夜、明け方になって、体力が尽きるまで何度も何度もお互いを求めあったのでした。

朝日が昇りはじめたころ、ようやく裕太郎の精子も底をつき、短く深い眠りに落ちました。そして、目覚めたあとにはなにもなかったように、旅行から帰ってきた妹夫婦を出迎えました。

以来、もちろん私たちは関係をもっていません。

お互いにあの日のことはなかったことにしています。

そういえば、あの日以来、「ゆきおねーちゃん」から、「ゆきさん」に呼び方が変わったんだっけ……。

なんてことを思いながら、あの熱い夜以来、はじめて裕太郎とのセックスを脳裏に丹念に描きました。実は、一度思い返してしまうと、また子宮が疼き、たまらなくなってしまいそうで、思い出すことすら自らに封印していたのです。

けれども甥っ子が結婚することが決まった今は、もう二度とああなることはありません。でも、思い出すことくらい許してもらえるのではないでしょうか。

第二章

あらぬ関係に燃え盛る究極の色欲

禁断の性感マッサージを経て……僕が母と交わるようになった理由

野村亮（仮名）　清掃作業員　二十一歳

少し前のことを振りかえって書きます。

母からのボディタッチが多くなったと感じるようになったのは、僕が部活で体を鍛えるようになって少ししてからでした。

ボート部に入った僕は日々のスクワットや腕立て、腹筋、そしてなによりボート漕ぎの運動で、半年もするころには逆三角形の体つきになっていました。

僕自身、変わっていく自分の体を誇らしく思っていたので、母に見られたり触られたりするのは嫌ではありませんでした。

当時三十六歳だった母は、数年前に父と離婚し、以後は女手ひとつで僕を育ててくれていました。息子の僕が言うのも変ですが母は美人で、その気になれば新しい誰かと出会い、恋愛をして、結婚できると思います。でも母は「男はもういい。亮《りょう》ちゃんがいればいいの」と常々言っていて、ぜんぜんその気がないようです。

僕はそんな母のことを少しじれったく思いながら、でも、愛していました。ですから、母が僕を見つめてくる目が子どものころと違うなと感じたあのときも、できるだけ母の意に沿うようにしたいと思って、むしろ僕のほうから母に甘えていきました。

「筋肉痛がひどいんだよママ。マッサージしてもらえると嬉しいんだけど」などと言って、スキンシップをするようにしたのです。

母は喜びを隠さずに僕の裸の上半身を撫で、マッサージをしてくれました。

僕は「ママ、気持ちいいよ。ママ、嬉しいよ」と、こっちからも喜びを伝えて母をもっと喜ばせられるように気をつけました。

今から思えば、僕と母が今の関係になることは、決まっていたんだと思います。でも、まだこのときはそうしようと思っていたわけではありませんでした。


この一度のマッサージを境に、母はちょくちょく僕にマッサージをしてくれるようになりました。

ある日、母はとても張りきって、「揉むのもいい運動になるから」とホットパンツとタンクトップにわざわざ着替えてマッサージをしてくれました。

タンクトップの胸元からは谷間が覗き、ホットパンツから伸びる脚はすらっと長く、白くすべすべとしていました。目のやり場に困る反面、母のそんな態度を少し嬉しく感じてもいました。

僕は母に喜んでほしくて、何度も「気持ちいいよ」と言いました。母が僕との肌の触れ合いを楽しんでいることは前からわかっていましたから、僕からも積極的に母に触れるようにしました。「もしかしたらママも僕と同じ気持ちなのかな」と思いはじめたのはこのころからです。

最初のうちは、こちらから母に触れるといっても、それは腕や肩などの肌、あとは腰、脚などでした。でも母のほうから僕に密着してくるときは別でした。僕がじっとしていても、胸の膨らみが背中や腕に当たったり、母が僕の体や足を跨ぐときなどは、足の付け根のコリコリしたところを押しつけられているように感じることがありました。

そんなとき、僕はドキドキしながら、母を試すようにお尻へ手を当てたり、うっかりしたふりをして胸を触ってみたり……。母がどんな反応を示すか怖いような気もしましたが、母はなんにも言わなくて、それどころか密着する回数をますます多くしてきました。

それで僕は、ほとんど確信したんです。でも、よその家ではたぶん親子でこういうことをしたり、しようと思ったりはしないと思うので、やっぱり自分の気持ちを言い出すことはできませんでした。

だからこそ、母のほうから僕のしてほしいことをしてくれたときは、すごく嬉しかったんです。

その日もいつものように、母はマッサージをしてくれました。布団にうつ伏せに寝転がった僕の上に跨り、背中、腰、脚と順にマッサージをします。

「はい、次は仰向けになって」

母は、すね、太ももとマッサージを続けます。母の手はジワジワと僕の股間に近づいてきました。筋肉をほぐすような手つきで股間に近づいては戻り、また近づき……はじめは偶然かと思いましたが、だんだんマッサージのそれとは違う手つきで僕の股間に触れてくるのです。

指先でさわさわと玉袋のあたりを触れられ、僕はドキッとしました。でも母を驚かせたり動揺させたりしないように、平静を装って目を閉じていました。

すると母は、パンツ越しに僕のペニスをしっかりと握ってきたのです。ああ……母からの股間への刺激により、僕のペニスはすっかり勃起していたということに、このとき初めて気づきました。

勃起した僕のペニスを握りながら母は、はっきり言ってくれたんです。

「ここもマッサージしてあげるね」

ゆっくりパンツを下ろすと、僕のペニスはもう我慢汁でヌルヌルになっていたようです。

「あら、お漏らししたみたい」

と母は楽しそうに言って、ペニスに唇を被せてきました。母の唇、舌、口の内壁に僕のペニスは包み込まれました。柔らかくそして温かく、なんと気持ちのいいものなのでしょう。

「ママ、すごい、気持ちいいよ、ママ……」

「かわいい亮ちゃん、もっと気持ちよくしてあげるからね」

すると母は、頭をゆっくり上下させ、唇と舌を使って僕のペニスをしごきはじめました。唇がカリに引っかかり、同時に舌が裏筋を舐め上げます。これまで、自分の手を使ってオナニーをしたことはありましたが、母の口内はそれとは比べものにならないほどの気持ちよさでした。

ジュポジュポと音を立てながら、母はリズミカルに頭を動かします。ズッポリと根元まで咥えこまれ、先端まで舐め上げられるたびに、快感は増していくのです。

「ママ、なんか変な感じだよ……」

「どんな感じ？　いやな感じ？」

「ううん、すごく気持ちいい……ああ、やばい、もう我慢できない……ッ！」

母の口内に、熱い精液が放出されました。

母はそれらを喉を鳴らして、ごくんと、飲み込みました。

こうして僕は生まれて初めてのフェラチオを母によって経験しました。でも、これだけでは終わりませんでした。僕がしたいと思っていたことも、まだこの先にありました。

「汗かいちゃった」

母は少し照れたように言いました。僕は思いきって、

「いっしょにお風呂に入ろう」

と、言いました。母は少し驚いたような顔をしましたが、すぐ嬉しそうに目を細めて同意しました。

浴槽に湯をためながら僕が先に浴室に入ってシャワーを浴びていると、身体にバス

タオルを巻いた母が少し恥ずかしそうに入ってきました。そして僕といっしょにシャワーの下に立ちました。

たちまちバスタオルが濡れて母の身体にぴったりと貼り付いています。乳房、くびれたボディライン、丸いお尻……それらがくっきりと浮き上がります。幼い日に見て以来記憶のなかにしかなかった母の身体でしたが、目の前のそれは僕の想像以上に魅力的なものでした。

つい今しがた射精したばかりなのに、僕はまた勃起していました。それと同時に母への愛がこれまで以上に溢れてくるのを感じました。

その気持ちのままに母を抱きしめると、シャワーに濡れながらゆっくりと唇を重ねました。母の唇は、ペニスを包んでいた時とはまた別の種類の、愛おしい柔らかさがありました。

そして唇を重ねたまま、母のバスタオルを剝ぎ取りました。母の裸体がようやく僕の目の前に現れます。早く触れたい……気持ちが昂っていきました。

「ママが亮ちゃんの身体、全部キレイキレイしてあげるから」

母は一度シャワーを止め、僕を椅子に座らせます。母はとても高揚した様子で手で石鹸を泡立ててしゃぼんをつくると、一度自分の身体にそれを塗りたくって、僕に密着してきました。乳房を僕の胸板に押し付けながら円を描くように、僕の身体を洗ってくれたのです。

僕も母の身体についた泡をすくい取り、背中からお尻にかけて円を描くようにしてなで回しながら洗ってあげました。

そうしてお互いの身体をまさぐりながら、母の手がもう一度僕の勃起したペニスに伸びました。石鹼のおかげでヌルヌルとなめらかにしごかれます。今度は僕からも母に触れてみたい思いから、思いきって母の股間に手を伸ばしました。

「あッ……！」

母のそこは熱く濡れていました。石鹼がなくても既にヌルヌルのアソコはすんなりと僕の指を迎え入れました。とたんに、ゴツゴツした肉壁が指に絡みつきます。

まだ見ぬ母のなかを、僕はゆっくりと搔き回しました。手前のくぼみに指を当てて搔き出すように動かすと、母は甲高い声をあげました。

「あぁッ……！　亮ちゃん、気持ちいいッ！」

僕の指の動きに合わせて、母の膣内はヒクヒクと動きます。そのまま刺激しつづけると、母はピクピクッと小さく痙攣し、僕に抱きついてきました。

「はぁぁ……気持ちいいよぉ……」

もうすっかり浴槽には湯が溜まっているころでした。

僕たちは身体についた泡を流し、いっしょにお湯に浸かりました。狭い浴槽の中に向かい合うようなかたちでしゃがむと、お湯が大量に湯船から溢れでます。幼いころ、まだ母とお風呂に入っていたころはこんなに水が溢れることはありませんでした。

そして湯船に入っても、まだまだ僕のペニスは元気です。母はうるんだ目で僕を見つめながら、ペニスに手をかけました。

「亮ちゃん、もっと気持ちよくしてあげる」

そう言うと母は、僕の腰にまたがりました。ペニスを手で支え、自分のアソコに押し当てます。母がぐっと体重をかけると、僕のペニスは母のなかにすぐに吸い込まれていきました。中はお湯に負けないくらいヌルヌルしていて、口内よりも絡みつき、そして熱く火照っていました。僕たちは向かいあって抱き合いました。そして何度もキスをして、お互いの体液を交換しました。

母が、ゆっくりと上下に動きはじめます。フェラチオのときと同じく、根元までズッポリ入ったかと思えば、カリ首のギリギリまで引き抜かれを繰り返します。そのリズムに合わせ、母がいやらしい声をあげます。

「あッあッあッ……」

「ママ、ママの中、あったかくて柔らかくて気持ちいいよ」

「亮ちゃん……ああ、亮ちゃん。これからはママがこうしていくらでも気持ちよくしてあげる。ああっ、ママも、ママも気持ちいい！」

上下するスピードがどんどん早くなり、湯に波を立てながら母は弾みました。

僕はもっと母の中を掻き乱したくなり、立ち上がり、浴槽のへりに手をついた母に、後ろからペニスを突き立てました。

「あぁぁッ！」

一度挿入すると、もう僕の腰は止まりません。母の膣奥を目がけて、激しくピストンを繰り返します。浴室には肉のぶつかりあう音が響きました。

「あんッ……あぁんッ！　亮ちゃん激しい……ッ！　イクッ！　イクイクゥッ！」

母は仰け反りながら身体をブルブルと震わせました。

それでも僕はやめずに突きつづけます。

「いやッ！　イッたばっかりなのにそんな……ッ！　おかしくなっちゃうぅッ！」

僕が母を突くたびに、母は身体を大きく震わせました。そしてそれとともに母の中が僕のペニスをどんどん強く締めつけてきて、僕も二度目の絶頂に達しそうでした。

「ママ、僕ももうイキそう……」

絶頂に向けてスパートをかけ、そのまま母の一番奥に、僕の熱い精液をぶちまけました。

「わかった、イクよ……！」

「もちろんよ、中にお願い、中にほしいの……！」

「え、いいの？」

「亮ちゃん、中に出してッ！」

この日は二人とも昂りが収まらず、風呂から出ると今度はいっしょの布団で寝ることにしました。いっしょに寝るなんて、何年ぶりのことだったでしょう。

布団に横になっても、もちろん眠る気なんておきません。僕たちは布団の中で抱き合い、身体をまさぐりはじめました。マッサージ、お風呂と、二回も母に興奮を鎮《しず》めてもらったので、今度は落ち着いて母と向き合おうと決意しました。

母を仰向けに寝かせ、パジャマのボタンをひとつひとつ外すと、布地の下から母の素肌、そして乳房が現れました。僕は母の乳房に顔を埋《うず》めます。なんと愛おしいのでしょう。母の匂い、柔らかさ、懐かしさにずっとそうしていたいくらいです。

顔を埋めながら、両手で乳房を優しくつかみました。もう張りはないけれど、ぷるんとした肉感が僕の手のひらに吸いつくようです。乳房を優しく揉みしだきながら、その真ん中にある乳首を口に含みます。

「あッ……」

母が小さく声をあげました。僕はそのまま口の中で、乳首をコロコロと舌先で転がします。乳首はじょじょに硬くなっていきます。

「ん……亮ちゃん、気持ちいいよ……」

「ママ、今度は僕がいっぱい気持ちよくしてあげるからね」

僕は母の顔を覗き込んでそういうと、もう片方の乳首に吸いつきました。そしてもう片方を指でこねくり回します。乳首が硬くなるにつれて、母の息が熱くなっていきました。

乳首からへそを経由して、下半身にたどり着きました。アソコには豊かな陰毛が覆いかぶさっています。その陰毛を掻き分けるようにして、人差し指を割れ目に滑り込ませました。もうそこはすっかり湿り気を帯びていました。人差し指で割れ目に沿って撫で上げました。

「んふぅ……はぁッ……」

母が声にならない吐息を漏らしました。

指が割れ目の奥にどんどん吸い込まれていきます。ヒダヒダの間を進んでいくと、ぷっくりとした山がそこにありました。その山をつんとつついてみました。

「あッ！」

「ママ、ここ、気持ちいいの？」

「うん、気持ちいいの。そこはクリトリスって言ってね、すっごく気持ちいいところなの」

「じゃあここもっといっぱい触るね」

母の両脚を少し開き、クリトリスをツンツンと触りました。

「もっと強く触ってもいいのよ。ヌルヌルを指になじませて、小さく円を描いて撫でるように触ってみて」

言われたとおりに、指先にたっぷりと愛液をつけて、クリトリスを優しくこするようにして刺激します。

「あッ……そう、気持ちいい、あんッ……そう、もっと強く。こねくり回す感じで。そう、上手……」

言われたとおりにクリトリスを刺激すると、母は体をよじらせて感じはじめました。そしてピクピクと小さく痙攣を始めます。

「あッイク……」

そのまま母は少しだけ大きくピクンとはね、絶頂を迎えました。

「ママ、僕もママのアソコ舐めていい？　ママが僕にしてくれたみたいに、僕もママのこともっと気持ちよくしたい」

「もちろんよ、好きなだけして……？」

母の脚を大きく開き、その真ん中に位置取りました。そして身をかがめ、母の陰部と対峙します。陰毛を掻き分けると、ぬらぬらとぬめったヒダがそこにはありました。

まず匂いを嗅いでみました。もっとも濃い、母の匂いがしました。

次に、愛液を舐めてみました。唾液よりも濃厚な母の味がしました。

僕はたまらなくなり、そのまま母のアソコにむしゃぶりつきました。すべての愛液を舐め取りたいという気持ちで、一心不乱にアソコを舐めました。膣の入り口、ヒダの間、そしてクリトリス……。僕の唾液で布団に染みができるほど、懸命に舐めつづけました。

「あぁ、亮ちゃん、気持ちいい……」

これだけ舐めても、まだまだ舐め足りません。

指での愛撫で〝いい〟と言っていたクリトリスに吸いついてみました。

「あぁッ……！」

母がピクッと身体をよじらせて反応しました。

指でしたように舌先で円を描くようにクリトリスを舐めまわします。

「亮ちゃん、そう、いいわ……クリトリスの皮を剝いて、そう、あんッ、その調子。舌でレロレロしても気持ちいいの」

母に言われたとおりにクリトリスをひたすらに舐めます。

「あッ、そう、それ、あッ、あぁッ」

舌先を小刻みに動かすと母は歓喜の声をあげるようです。母が気持ちいいのならいつまでも続けたい。僕はその舐め方を続けました。

「あぁぁぁッ、亮ちゃん、それいいッ！　ダメ、またイク！　イクゥッ！」

母は先ほどよりも大きく身体を波打たせ、絶頂に達しました。身体全体で呼吸を整えている母の様子を見て、僕は心の底から嬉しくなりました。

「ママ、もう一回入れてもいい？」

「え？　亮ちゃん、もう勃起してるの？」

「うん、もう二回も出したのに、止まらないんだ……」

「可愛い子ね……きて……」

母が僕を迎えいれるように、脚を開きました。

もう二回も射精しているのに、これまでで一番なくらいに反り返った僕のペニスを、母の膣口に当てます。

「ママ、いくよ」

ゆっくりと体重をかけて、ペニスを膣内に押し込めました。もう何度も絶頂に達している母の膣内はこれまでよりも締まっていて、ペニスにねっちょりと絡みます。

「ああ、すごい、ママの中すごく硬くて気持ちいい。」

「亮ちゃんのおち○ちんもすごく硬くなってる……」

僕たちはしばらく、挿入しながら正常位の体勢で抱き合いました。動かさなくても、重なり合っているだけでこれまでにないくらいの快楽を感じるような気がしました。しばらくそうしたあと、ゆっくりと腰を動かしはじめます。密着してキスをしながらお互いの体液を交換し、僕は幸福感に包まれていました。そして、もっと母と気持ちよくなりたいと思ったのです。

僕は身体を起こし、母の膣奥に届くように、腰を動かしました。

「あぁッ！　あたる！　あぁぁぁッ！」

ズンズンと、子宮に響くような深いピストンを続けながら、母の嬌声は悲鳴のように大きくなっていきました。

「すごい、奥、気持ちいいッ！」

「ママ、ここいい？」

「いいよ、すごくいいよ、おかしくなっちゃう……ッ！」

「ママ、いっしょに気持ちよくなろう……！」

僕は一心不乱に母にピストンを続けました。そうしてその日三度目の絶頂が目の前まで近づいていました。

「ママ、僕もうイキそうだよ」

「ママも……亮ちゃん、いっしょにイキましょう？」

僕は母にしがみつきました。母も僕をきつく抱きしめてくれました。母の匂いが僕を包みます。

「ママ、愛してるよ」

「ママもよ、亮ちゃん。世界で一番愛してる」

「ああ、イクッ……」

「私も、イク……！」

そうして母が絶頂を迎えるのと同時に、僕は母の膣内に今日三回目の射精をしました。

二回目のセックスでは、母をより深く喜ばせることができたと自信がつきました。

そしてこの夜以降、僕は毎日母といっしょの布団に寝て、頻繁に愛し合うようになりました。僕の家の場合は、お互いに思っていたことが一致したので、こんなふうな自然な流れで今のかたちができました。

育ての親として引き取ってくれた叔母を犯してしまった懺悔の告白

川原秀治（仮名）　会社員　三十三歳

僕はかつて叔母を愛してしまったことがあります。

突発的な事故のようなものだと自分に言い聞かせていましたが、やはり心のどこかでは、叔母も僕のことを愛してくれていたのではないかと考えてしまい、どんな女性と付き合っても叔母以上に興味を抱けないのです。

このままでは、誰も愛せずに時が過ぎてしまうのではないかと不安でしょうがありません。

つまらない話かもしれませんが、どうか最後まで読んでいただけると幸いです。

僕はずっと叔母を「母」として認識していました。二十歳になって初めて「両親」から、直接血のつながりがないことを打ち明けられたのです。

僕の実の母親は、叔母の妹にあたる人でした。本当の母親は、シングルマザーで僕を産んでからすぐに難病を患《わずら》って亡くなってしまったそうです。

それからずっと、僕は叔母の息子として育てられました。叔母は、子どもを授かることのできない体で、叔父も僕を引き取ることになんの抵抗もなかったそうです。二人とも本当に心の優しい人間で、僕は何不自由なく生活してきました。

実はこうして書いているそばから、むずがゆくてしょうがありません。あの衝撃の告白からもう十年以上は経っていますが、思い出のなかで浮かぶ「父」や「母」の顔はやっぱり叔父や叔母なのです。

二人の告白を受けたその日、僕は自室のベッドでひたすら泣きました。

血のつながりなんてたいしたことないって思いたかったし、些細な問題にすぎないんだと言い聞かせつづけたけれど、まるでブルドーザーにぺしゃんこにされたみたいに自分の身体がペラペラになって、立ち上がることすらできませんでした。

翌日も、そのまた翌日も大学の授業をサボり、叔母が部屋に持ってきてくれるご飯にも手をつけられませんでした。

僕は、ショックから立ち直らなくてはいけないと思い、三日目にしてようやく決心したのです。

二人を「お父さん」「お母さん」と呼ばないようにしよう、と。

僕がリビングに降りていった瞬間、二人の顔は晴れやかになりましたが、その直後、とても悲しそうな表情に変わりました。

「今までありがとう、おじさん、おばさん」

僕がそう言ったからです。

そう口にした言葉は、しだいに僕の心をおかしくさせていきました。

それからというもの、僕らの家はとても静かになりました。当初、叔父は空元気で大学での様子などを聞いてきたり、いつもと変わらないふうを装ってはいましたが、時が経《た》つにつれて、しだいに無口になりました。

叔母は、みるみるうちにやつれていき、健康的だった頬はこけ、きらきらと輝いていたはずの大きな瞳の下には、黒ずんだクマが浮かんでいました。

それでも、僕は二人を昔のように「お父さん」「お母さん」とは呼びませんでした。家にもあまり帰らなくなり、彼女や友人の家に泊まるようになっていたのです。

浅はかな復讐だったと思います。

憎んでいたわけではありません。今なら実の子どものように育ててくれて本当に幸せだった、といえることができます。

でも、あのときの僕には、そうすることしかできませんでした。

そして、もっと叔父や叔母を苦しめるような行為をとってしまったのです。


あれは僕が大学四年のときでした。僕は決してデキるタイプの人間ではありませんが、運よく希望の就職先の内定をもらうことができました。

叔父と叔母に報告すると、二人の顔は久しぶりの笑みに満ちていきました。そして、叔父が調子よく、こんなことを言ったのです。

「久しぶりに、みんなで山を登らないか」

僕が高校三年になるまで、年に一度、登山に行くのが習慣でした。小さなときはピクニック程度でしたが、最後に登ったのは標高二千メートル級の山でした。

「いいわね！ 久しぶりにいきましょ？ ね？」

断るつもりでしたが、久しぶりに見る明るい叔母の笑顔に、胸をきつく締めつけられるような思いになり、気づけばただうなづいていたのです。

日取りを決め、予定を立てる段階から、二人はとてもうれしそうでした。

つかの間の「一家団らん」でしたが、僕の胸に去来するのはやりきれない思いばかりでした。

そして、迎えた当日。叔父は運悪く二日前から風邪にかかってしまい、登山のできるような状態ではありませんでした。

「いいや、俺は行くぞ」

僕は中止を申し出ましたが、叔父は頑として譲りませんでした。叔母もそんな叔父を止めようとはせず、押し問答は数分で終わりました。

「きっと大丈夫よ」

叔母は、昔から楽天的なところがあります。家族旅行で北海道に行ったとき、道に迷ってとんでもない場所に到着してしまっても笑ってやり過ごせるような人なのです。

叔父は元気を装って、目的地まで車を飛ばしました。

およそ三時間後、ようやく到着すると、叔父の風邪は完全にぶり返していて、熱もあるようでした。

「やっぱりまずかったわね。温泉にでも行って休みましょう」

あの楽天的な叔母でさえ心配するほど、叔父は今にも倒れそうでした。

「いや、じゃあせめて二人だけで登ってくれ」

叔父は半ば意地になっているようでした。きっと昔の僕に戻ってほしいと願っていたのだと思います。叔母は涙さえ浮かべてうなずきました。

「うん……わかった。あなたはまず病院に行って。途中で絶対に写真を送るから」

僕の胸にズキンと激痛が走りました。血のつながりなんてなくても、僕たちは家族なんだって思いたい反面、まだ二人を許せない自分が苦しくてたまりませんでした。

「わかった、おじさんは休んでて。俺たち、勝手に登ってるから」

僕は冷たく言い放とうとしました。喉もとまで「お父さん」という言葉が出かかっていたのに、必死に押さえ込んで……。

そんな僕を、叔母は眉尻を下げて、また悲しそうな表情を浮かべました。胸の前で両手を組む姿は、まるでなにかに祈りを捧げているようにも見えました。

その山は、高校二年のとき、最後に登った山でした。登山家にとってはレベルが低く、一般人にとっては厳しい。そんな中級者向けの山です。

僕と叔母は、かつて談笑しながら登ったルートを、ひと言も声を掛け合うことなく黙々と歩いていきました。僕たちのほかに、登山客はほとんどいません。澄みきった空気を重苦しい沈黙が黒く濁らせていました。

そうして四、五時間登ったころだったでしょうか。叔母が木の根に足をとられて転んでしまったのです。

「大丈夫？」

僕は思わず手を伸ばして、尻もちをついた叔母の身体を引き上げました。久しぶりに感じるぬくもりは、僕の心を妙にざわつかせました。強風に揺れる木々のように、ざわざわと奇妙な感覚に襲われたのです。

「大丈夫よ……きゃっ！」

叔母は足首をくじいているようでした。靴下を脱がせて見てみると、細く白い足首にうっすらと赤みが広がっていたのです。

「これじゃ、今日の登頂は無理だね。もう少しいったところに山小屋があったから、少し休んでいこう」

その日、ほとんど初めての会話でした。急に気恥ずかしくなった僕は立膝をつき、首をくいっと動かしておぶさるように叔母に目配せしました。「おんぶしてあげるから」とは言えなかったのです。

叔母は泣きじゃくりながら、僕の背中に体を預けました。

「もう、やめてくれよ。誰か来たら恥ずかしいじゃんか」

僕はあくまで悪態をつきました。

「だって……秀《しゅう》くんがおんぶしてくれるなんて……」

僕の心のなかで、なにかが苦闘を繰り広げているようでした。その一撃一撃が重く体じゅうに響き渡り、混乱だけが増していったのです。

背中に響く叔母の鼓動と柔らかな乳房の感触。渦を巻いて広がっていく混乱は脳を激しく揺さぶり、予想もしていなかった考えに漂着させたのです。

僕は叔母のことを愛しているのではないか。

背中で泣きじゃくるかつての「母」を、今はひとりの「女性」として愛しているのではないか。

せめて「母」でいてくれたほうがよかった。僕が抱いていた葛藤や苦しみは、すべて「母」を「女性」として見てしまう日が来ることの恐れではなかったか……。

山小屋に着くまで、頭のなかはそんな思いで埋め尽くされてしまいました。

そして、運が悪いことに、山小屋には僕たち二人しかいませんでした。

「とりあえずウェアを脱いで、楽になろう」

「うん、そうだね。ちょっと痛みが増してきたみたい」

叔母はそう言って、苦笑いを浮かべました。

その表情に、僕は胸を貫かれました。あの倒錯した妄想のような感情がガスを注入された風船のように膨らんでいったのです。弾けるのは時間の問題でした。

ウェアを一枚一枚脱いでいく叔母の姿を、僕はじっと見下ろしつづけました。

少しずつ露になっていく白い素肌。ときおり叔母が「んっ」という声を漏らすと、なんともいえない気分になり、許されない性衝動がこみ上げてきたのです。

いつの間にか、僕の下半身は熱く滾っていました。

「ちょっと、オレ、こっちで休むね」

唐突に湧いてきたマグマのような劣情を抑えきる自信がありませんでした。こんなことなら、素直に「お父さん」と、「お母さん」と呼べばよかった。最愛の「家族」でいたかった……。

僕は乱暴に取り出した寝袋に身を包んで、仮眠を取ろうと寝転びました。

しかし、いっこうに妄想は消えることなく、ペニスははちきれそうなほどに勃起していたのです。

必死で目をつぶりました。なにか別のことを考えろ。そう自分に言い聞かせても、浮かんでくるのは、叔母の白い素肌や記憶の彼方にしまいこんでいた乳房、陰毛に覆われたスリットばかりでした。

背が低く、色白で、巨乳の母。中学生のころ、友だちに「母」のブラジャーを盗んでくるように言われたときのことを思い出しました。

あのとき、友だちに「やっぱりできなかった」と言いながら、学校のカバンにタンスから引き抜いた「母」の下着を数枚隠し持っていたのです。

僕は、それで、オナニーを、しました。

いびつな思春期の感覚が全身の皮膚を内側からビリビリと刺激していきました。

そのときでした。

「秀ちゃん」

ビクッと振り向いた僕の顔の数センチ先に叔母の顔が迫っていました。

叔母が子供のころよくやってくれた「おでことおでこのキス」。どんなにつらいことがあっても、それをされれば心が不思議と穏やかになったものです。

でも、このときばかりはちがいました。

「秀ちゃん、苦しそう……だいじょ……きゃっ！」

僕は寝袋にくるまったまま、叔母を仰向けに転がしてキスをしていたのです。

「ちょ……秀ちゃんッ！」

僕はどんな顔をしていたでしょうか。般若のように怒り狂っていたでしょうか。それとも能面のように無表情だったのでしょうか。

とにかく、あんなに怯えた叔母の表情を見るのは初めてでした。

足を痛めていた叔母の抵抗力はたかが知れています。僕は叔母の両手首を摑んでキスをしながら、寝袋から体全部を引き抜いていきました。

生地のゆるいウェアでさえ、股間が膨らんでいるのがはっきりわかるほど、僕は人生でこれ以上ない勃起を経験していたのです。

僕の舌は叔母の唇をなぞり、そして首筋へと伸びていきます。少し年齢を重ねてはいるけれど、あのときの僕にとって、うっすらと走るシワさえも欲情をさらに成長させるエサに過ぎませんでした。

「だめよ、なにするの、秀ちゃん！」

耳には、そんな声が届いていました。でも、その言葉はなんの意味ももっていませんでした。単なる鼓膜の振動というだけだったのです。

それよりも目の前に伏している「女性」のすべてを奪い去ってしまいたい。ただ、その一心でした。

叔母が着ていたカッターシャツのボタンを強引に引きちぎると、ベージュ色のブラジャーに包まれた豊かな乳房が少し揺れ弾んでまろび出てきました。

ブラジャーと肌の境界線に、わずかに薄茶色の乳輪が見えました。

僕の視線は、ただその一点に注がれました。

夢中でブラジャーを下にずらし、ぼろんと姿を現した「母なる象徴」は、あまりに、あまりに美しく、すべての意識がその頂点へと吸い込まれていくようでした。

じゅる、じゅるる……。

気づけば僕は、唇を丸めて、甘く乳首を吸いだしました。

「んっ……」

あれだけ届かなかった叔母の言葉が、意味のないうめき声に変わった瞬間、それは僕にとてつもなく大きな意味を与えました。

叔母も感じている。

とっさにそう思ったのです。というよりも信じ込んだのかもしれません。

僕は、さらに舌に動きをつけて、きつく吸い出したり、引っ張ったりを繰り返しました。

「あう……ううん……」

叔母は涙を流し「鳴いて」いました。罪悪感、それとも快感？　あのときの感覚を語彙の少ない僕に表現する手段はありません。

しかし、熱くいきり立ったペニスは、すでに我慢の限界に達していました。

叔母の履いていたズボンを一気にずり下ろし、とうとう叔母はなにひとつ身につけていない状態になりました。

「お願い……お願い……」

嗚咽を漏らしながら、叔母は僕に懇願していました。

しかし、僕は止まることなく、陰毛に覆われたスリットにむしゃぶりつきました。

むんとした女陰の香りが鼻腔に広がり、舌の上ではころころと小さな突起が転がっていました。口の周りがベタベタになるほど、僕は夢中でねぶり回したのです。

「んん……んんぅッ！」

叔母は今までとは違う反応を示しました。たるみかけた腹部には力が入り、むっちりとした尻は数センチ盛り上がっていったのです。

次の瞬間、僕の口の中に液体が降り注ぎました。

叔母は潮を噴いてイッたのです。

もう、僕にできることはひとつしかありません。

さっと自分のウェアを脱ぎ捨てて、僕は青筋だって脈動を続けるペニスを叔母のスリットへと滑り込ませていったのです。

「あ、ああ……ダメぇ！」

根元まですっぽりと入りきった瞬間、僕は身震いをしました。

そして、勢いに任せて、叔母を突きあげたのです。

「あっ、あっ、あっ……」

ピストンの動きに呼応するように、叔母はうめき声を漏らしました。

僕は無我夢中でした。ただ、この人に射精したい。その一心で腰を振りつづけたのです。

「い……いく」

僕は小さくつぶやき、背筋をピンと伸ばしたまま射精しました。

ペニスは、叔母の膣の中で何度も脈動を繰り返し、そのたびにビュクビュクと精液が放たれていったのです。

僕は、肩で息をしながら、ただ呆然と涙を流す母を見下ろしていました。

ペニスは入れたまま、じっと見つめていたのです。

少しずつ正気を取り戻していった僕は、ゆっくりとペニスを抜きました。

ぱっくりと広がった叔母のアソコから、たらりと白い涙がひと筋滴るのを見て、僕は無言で寝袋にくるまったのです。

すると、叔母は振り絞るようにか細い声で言いました。

「秀ちゃん……私たちのこと、そんなに憎い？」

叔母はまだ裸のままでいるようでした。

「ううん……」

「じゃあ、どうして？」

少し叔母の語気が強まりました。

「わからないよ！」

叔母の怒りの気配を察した僕は、それを遮るように声を荒げました。

「そう……」

叔母はそういうと、のそのそと起き出したようでした。

そのまま山小屋でひと晩を過ごし、翌日、登頂することなく山を降りました。

僕は就職を機に、家を出ました。

それから家には一度も帰っていませんでした。というより帰れなかったのです。

ところが先日、叔母からこんなメールが届きました。

「今度、お父さんが還暦なんだけど、またみんなで山に登りたいって言うの。お願いだから、帰ってきて」

僕は許されたのでしょうか？

二人に会う資格が僕にあるのでしょうか？
また、あんなことになるのが恐ろしくて、まだメールに返信できずにいるのです。
できることなら、今すぐ二人に会って謝りたい。
そして、「お父さん」「お母さん」と呼んであげたいのです。

忘れられない美しい乳房の感触……

義母の夜這いで童貞を喪失した夜

長崎良実（仮名）　会社員　四十五歳

義母と言っても、二十年以上も前のことですから、現在の私の妻の母親のことではありません。私の父の再婚相手の倫子《りんこ》さんのことです。

私は離婚した父の連れ子として倫子さんと出会い、そして倫子さんのことを母と呼ぶようになりました。倫子さんは当時四十一歳でした。五十代半ばだった父の妻としては若く、大学生だった私は初めからかすかな戸惑いを感じていました。

独身のころの倫子さんは温泉地でコンパニオンとして働いていました。父が職場の社員旅行で行った宿の宴会が二人の出会いで、「東京に遊びにきたら面倒を見てやる」と言った父の言葉を信じた倫子さんが後日本当に遊びにきて、上野駅の公衆電話から会社に電話をかけて父を驚かせたというエピソードがあるそうです。

世間のことをなにも知らなかった当時の私はそんな倫子さんのことをただバイタリ

ティのある人なのだとだけ思っていましたが、今では倫子さんの奔放さや、遊び好きな父が彼女を可愛がった理由なども理解しています。

目鼻立ちのくっきりとした美人で、プロポーションがよく、私の立場でこんなことを言うのはヘンですが本当にコンパニオン向きの女性だったのだと思います。

性格も明るいですし、決して悪い人でも嫌な人でもありません。ただ、結婚に向いているかどうかについてだけは疑問符をつけざるをえません。

それはいっしょに暮らすようになってすぐにわかりました。

日中、父が仕事に行っている間、学生の私と倫子さんは家の中で二人だけになることがあるのですが、私はよく倫子さんから家の掃除を頼まれました。

それは命令するような感じに言ってくるのではなくて、「私って掃除とか大っ嫌いなの！　だからお願い。パパに叱られないようにヨシ君やってくれない？」と、両手を合わせてひたすら素直に懇願してくるのです。

料理などもほとんどせず、スーパーで買ってきた惣菜を適当に並べてそれっぽくしているばかりでしたが、倫子さんは私にはそれを隠そうとしないで、いたずらっ子のように目を細めながら立てた人差し指を唇に当ててウインクをしてきたりするのでした。

私はそんな倫子さんを悪く思えず、むしろ年上ながら可愛らしい人と感じていました。もちろんそれは妙な意味合いのことではなくて、家族として受け入れようと私なりに気配りをしていた結果の心模様でした。

なんとなく気遣い合いつつ、でも無理はしないで、歳の近い母と息子としてどうにかこうにかバランスを取りながら生活するうち、私と倫子さんはほどよい距離感をお互いに摑めるようになっていました。

そのいっぽうで父と倫子さんの関係はうまくいっていなかったようです。父は釣った魚にエサをやらないタイプで(親戚筋から聞いたことがあるのですが、私の実母に対してもそうだったようです)、再婚して一年も経《た》つころには父と倫子さんの間に隙間風が吹いているのが私にもはっきり感じられるようになりました。

原因は、決して治らない父の遊び癖でした。

父は仕事にかこつけて飲み歩き、悪びれもせず朝帰りをしました。

父の浮気を確信したらしい倫子さんが日に日にストレスを溜めていっているのが私の目にもわかりました。

真夜中や朝方に夫婦の部屋から喧嘩をする声が聞こえ、それがヒートアップすると倫子さんが号泣するという展開が頻繁に繰り返されるようになりました。

薄情な父はそんな倫子さんをうるさく感じるようになったのでしょう。以前よりももっと家にいる時間が短くなりました。

やがて倫子さんは台所で深酒するようになり、それはもちろん悪い酒ですから、なんとなく腫れ物に触るような気分で私まで距離を置くようになってしまいました。


父の勤める会社のその年の社員旅行の時期がきたのはそんな折のことでした。倫子さん自身、コンパニオン時代に父から誘われて結婚までしているのです。父の手の早さをその身をもって知っているわけですから、心中穏やかであろうはずがありませんでした。

そうでなくとも、父の遊び癖に日々傷ついている最中のことなのです。すでに浮気をされているなか、ダメ押しに今度はかつての同業者と……それを思えば倫子さんがいよいよやりきれない気持ちになったとしてもとうぜんでした。

当日が近づいてくるにつれて倫子さんはますます不安定になり、荒れました。逆に父は当てこすりをするように飲み歩き、朝帰りを繰り返しました。

可哀想には思いましたが、かと言って口出しをしたいとは思いませんでした。私自身、父のそういう部分に意識を向けるのは苦痛だったのです。

どんどんヒリついていく家の中の空気をどうすることもできないまま、私たちは父が二泊三日の社員旅行に出かけていく日を迎えました。

そしてその夜のことです。私は思ってもみなかった体験をし、きっと一生忘れられないであろう記憶を植え付けられることになりました。


時刻はもう真夜中だったと思います。気がつくと、倫子さんが私の寝ている布団の中にいました。

そうして私に背中を向けてしくしくと泣いているのです。

驚いて、いったいどうしたのか、なにをしているのかと尋ねましたが、倫子さんは顔を手で覆って首を横に振るばかりでした。

父のことで辛くて眠れず、ずっと一人で泣いていたんだろうなとは想像ができました。そのうちにとうとう淋しさに堪えられなくなって私の布団に忍び込んだのだろうと……。

まるで子供みたいな行動ですが、いかにも倫子さんらしいと言えばそうでした。とはいえ関係性としては私のほうが子供で倫子さんが母親、そして私は男で倫子さんは女なのです。子供をあやすようにヨシヨシしてやるとか、優しく抱いてやるとか、そういうことはできかねました。

あまつさえ倫子さんが着ているのは薄く透きとおった桃色のネグリジェで、下に着けている白いブラジャーがはっきり見えていました。触れられないどころか目のやり場にすら困るほどなのです。

大学生の私にとって、こうして間近で見る四十路の体は、決して年寄りのそれなどではありませんでした。引き締まった細身なのに出るところは出た肉感的なプロポーション……それはむしろイヤラしさの塊でした。

倫子さんのことはもちろん日ごろから「母」と思うように意識して努めていましたが、こうなってしまってはもうどうしようもありません。

掛け布団の下、下半身はトランクス一枚しか穿いていない私のふくらはぎに倫子さんの脚の一部が重なっていました。いったんそれを意識してしまうと、重なった部分を中心にジンワリと汗をかいてきてしまいます。

「あ、あの……母さん、倫子さん……ど、どうしたんだよ本当に……」

言ってしまってから、努力して「母さん」という言葉を使った気まずさにますますいたたまれなくなりました。私はその嫌な緊張から逃れようとするように、思いきって倫子さんの肩に手を置くと、こちらへ振り向かせようと力を込めかけました。

そのとたん、倫子さんがいきなり振り向いて抱きついてきたのです。

「ウソ泣きよ」

「えっ……！」

驚いて絶句している私の胸に倫子さんの額が押し当てられていました。

倫子さんはそのままグイグイ肉体を寄せてきて、脚で私の太腿を挟み込みながら腕を背中に回し、強く密着してきました。

私は仰向けにされ、体の上に倫子さんが乗っかった状態になると、唇を奪われました。すぐに長い舌が口の中に入ってきて、私の舌を絡め取るように悩ましく動きました。その舌が歯の裏側まで舐めてきて、愕然とする私の唾液がズルズルと音を立てて吸われました。

体に力が入りませんでした。私は両腕を横にダランと伸ばし、されるがままに横たわっていました。

わざわざ義理の息子の布団に入ってきて「ウソ泣き」をしたとは、つまりどういうことなのか。わからず混乱しているうちに、倫子さんの片手が私のTシャツの中に入り込んできました。

「ッう……うぁ……」

伸ばした指先が乳首に触れて、突起を転がすように刺激してきました。私は舌を吸われたままで声をあげました。

襲われているという事実を飲み込めないまま、倫子さんに弄られている乳首を中心に快感の波紋が繰り返し全身に広がっていきました。

男なのに乳首を触られて気持ちよくなるなんて……。

血のつながりがないと言ったって戸籍の上では母と息子なのに……。

半ばパニック状態になっているなか、断片的な葛藤を頭のなかに閃かせながら、私は全身に鳥肌を立てていました。

そして自分が激しく勃起していることに気がつきました。

私の股間のものは倫子さんの下腹部に当たっていました。トランクスの中で反り返ったまま、柔らかな肉にグウッ、グウッと圧迫されていました。

それに気づくのと同時に、胸に密着した倫子さんのバストの感触が生々しく意識されました。身じろぎのたび、信じられないほどに柔らかな肉塊がムニュムニュとたわみ、ギクリとするようなボリューム感を伝えてきました。

「はあぁっ、はあぁっ」

倫子さんがようやくキスを止めて顔を上げました。私は荒い息をつきました。なにか言おうとしましたが、なにも言えませんでした。

倫子さんが、そんな私の顔を見下ろしながら、Tシャツをゆっくりと首の下まで捲り上げてきました。そしてかすかに微笑んだあと、露になった私の乳首に赤い唇を吸いつけてきました。

「あっ……アアンッ……ウウッ」

生まれて初めての快感にまるで女みたいな声が漏れました。私はシーツを摑み、怖いような心地よさに訳もわからぬまま頭を左右に振りました。

倫子さんは片手で私の肩を押さえつけ、乳首の周囲を舌の先でクルクルと舐め回し、ふいにチュッと吸いつけたり、前歯で甘嚙みをしたりしてきました。

「どうして」という言葉を何度も口にしようとして、そのたびにただの喘ぎ声になってしまうのをどうすることもできませんでした。

これが大人の女の性のテクニックなんだと思うと、ふいに父親の顔が思い浮かびました。倫子さんは親父に対してもこんなことをしていたんだと、嫉妬に似たかすかな痛みを胸に覚えました。

その不思議な感情に快感がやや薄まったかと思われたとき、倫子さんの片手がトランクスの中にズボッと入り込んできました。

手は躊躇する様子もなく私の反り返ったものをしっかり摑み、すぐに上下へしごき立ててきました。左右の乳首を舐め吸われたままでそれをされるのです。

私はまた「アアアッ、アアアッ」とよがり声をあげました。

「き、気持ちいい……アアッ、アアッ、気持ちいいよう！」

倫子さんの唇が、胸から腹へとキスを繰り返しながら下りていきました。それにつれてトランクスがずり下ろされていきました。

まさか……嘘だろう……という戦慄するような予感と同時に、私の漲りきったものが倫子さんの口内に含み込まれました。限界まで開いた肉の傘を頰裏の粘膜で擦られ、竿の根元を指でしごかれていました。

ジュルルルッ、ジュルルルッというたっぷりの唾液を絡ませてくるイヤラしい音とともに、倫子さんの頭が上下に動き、私のそれは長いストロークで何度もストロークされていました。

こんなことが家の中で起きるなんて……とても現実のこととは思えませんでした。

もしもこれが夢だったら、義母と息子がどんなイヤラしいことをしていたって、それは夢見る者の自由です。が、これは現実の相姦行為でした。

しかも初めから罪を犯すこと自体が目的のような……。

倫子さんは、勃起をしゃぶりながら片手を上げて乳首を指で転がしてきたり、竿の根元をしごいていた手をふぐりの下にもぐりこませて、ふぐり全体を柔らかく揉み回してきたりしました。まるで娼婦のようなのです。

悪寒のような快感がゾクッ、ゾクッと込み上げてきて、ややもすれば今すぐにでも倫子さんの口内にスペルマを放ってしまう危機感を覚えました。

「あぁっ、倫子さん……そ、それ以上されたら、もう……もう……ダメだぁ！」

私は叫ぶように言い放ち、悩ましく上下に動きつづける倫子さんの頭を押さえようとしました。しかし倫子さんはフェラチオをやめてくれませんでした。「ふうふう」と息を乱して、どうやら無我夢中になっているようでした。

黒髪の中に分け入った私の指が倫子さんの頭皮が汗でビチョビチョになっているのを感じ取りました。ついさっきまで余裕綽々《よゆうしゃくしゃく》のようだった倫子さんが、汗だくになり、昂りを露《あらわ》にしているのでした。

その驚きは、私を冷静にさせるのではなくて、新たな興奮を呼び起こさせました。これまでは倫子さんの意図が摑めず、戸惑いのなかでずっと受け身でいましたが、倫子さんのほうに余裕がないとわかったとたん、獲物を前にしたオスの本能のような、こちらから挑んでいきたいような、攻撃的な衝動が一気に込み上げてきたのです。

どのみちこのまま受け身でいれば射精をしてしまいます。私は半身を起こして倫子さんの顔を上げさせました。そしてこちらから唇を奪おうと顔を近づけました。

その刹那に倫子さんが見せた顔……。

笑顔の消えたその顔はどこか弱々しく儚げで、私をハッとさせました。襲われる立場から一転、今度は私が義母を襲おうとしている――そのあってはならない現実をはっきりと突きつけてくる、生々しい女の顔でした。

それでも私はもう自分を抑えることができませんでした。

強く唇を合わせていきながら倫子さんを向こう側に押し倒し、ネグリジェの上から豊乳を摑んで荒々しく揉みしだきました。

倫子さんの口から「あぁっ」というかすかな声が漏れ、細い身体が逃げるように、しかし同時に誘うようにくねり動きました。

「僕が慰めてあげるから」

罪悪感を誤魔化すように私は口走り、乳房を揉み回しながらネグリジェをたくし上げていきました。

パンティとブラジャーだけになって仰向けに横たわる倫子さんを見下ろしながら、

私は自分のTシャツとトランクスを脱ぎ去りました。全裸になって肌を合わせ、首筋にキスをしながらブラジャーをずり上げると、倫子さんの大きなバストの先端に硬く突起した乳首がビョコンと立ち上がりました。

すかさず唇を奮いつけ、乳房全体を根元から絞るように揉みました。

「アアアッン……か、感じる……」

倫子さんが感極まったように言い、背筋をぐうっと反らせました。

ずっと黙っていた倫子さんが言葉を発したことに安堵した私は、左右の乳首を交互に舐め吸い、片手を下ろしてパンティ越しに倫子さんのアソコを指で刺激しました。

これはテクニックではありませんでした。ただ衝動に突き動かされてそうしたのです。

布地越しにも倫子さんのそこが濡れているのがはっかりとわかりました。

「アアッ、アアッ……慰めてくれるのねヨシ君……嬉しい……あぁ、私嬉しい……」

そう言ってもらえたことにどれほど勇気づけられたかわかりません。

私はこのとき、まだ初体験を済ませていませんでした。もちろんこの夜に済ませることになるなんて、布団に入ったときには想像すらもしていませんでしたが……。

倫子さんのパンティの中に上から手を突っ込むと、陰毛の茂みの奥に、濡れた肉裂が息づいているのを確かめました。

私は先ほど自分がされたのと同じ手順で、唇をゆっくりと下腹部のほうへと下ろしていき、同時にパンティをずり下げていきました。

倫子さんが「アアッ、アアッ」と小刻みに喘ぎ、腰を悩ましくくねらせています。

私はそんな倫子さんの生白い太腿を開かせて体を割り込ませると、すぐ目の前に、四十路の義母の性器が濡れ光っているのを見つめました。

ムウンッと濃い女の匂いが立ち昇り、クラクラと脳が痺れてくるようでした。

陰毛に縁取られた、燃えるように赤い粘膜を覗かせる性器を指で開くと、クチッという湿った音がして粘液の糸が左右に伸びました。

私は思いきってその中心に鼻と唇を突っ込んでいきました。

「そ、そこっ……ああっ、イヤイヤッ……気持ちいいのぉっ！」

鼻にかかった甘え声でよがり叫ぶ倫子さんが、私の頭を手で押さえてきました。私は夢中で舌を動かし、溢れる蜜を音を立てて啜り込みました。

甘さと酸っぱさの混ざったような、義母の濃厚な愛液の味に、かすかに残っていた理性が一気に溶かされていくようでした。

舐め込んでいくと、倫子さんが「ねぇ、ああっ……もう我慢できない……ねぇ、ヨシ君……ああっ」と、胴をくの字に曲げて私の体に触れてきました。

そしてそのまま私の体の下にもぐり込み、シックスナインの体勢でお互いの性器を舐め合うかたちになりました。

どれくらいそうしていたのか、やがて濡れた唇を性器から離した私たちは、いわゆる正常位のかたちで一つになろうとしていました。

「入れて……ヨシ君のそれで慰めて……」

言われるまま、反り返った勃起を赤い粘膜にあてがい、私は前屈みになりました。

しかし位置がずれていたのか、思ったように入っていきません。

すると倫子さんが手を添えて角度を調節し、さらに腰を少し浮かせて、私を中に導いてくれました。

ヌウッと根本まで入った勃起が、驚くほど熱い粘膜にミッチリと押し包まれ、私は初めて味わうその感触に、快感とともに感動を覚えて戦慄しました。

「すごい……倫子さんの中、熱いよ……熱くて、ザワザワしてて気持ちいい」

「ヨシ君、私も気持ちいい……ああ、そう……ゆっくり動いて、奥までちょうだい」

倫子さんのリードで腰を動かしはじめると、私はひと突きごとに肌を粟立てました。背中に手を回されて抱きしめられ、互いの汗ばんだ肌と肌が密着してヌルつき、ドロドロに溶け合ってひとつになっていくかのようでした。

律動のたびにニチュッ、ニチュッという淫らな音が響きました。セックスをしているんだという実感に喜びがふつふつと湧いてきます。

相手が義母でも、母と息子の関係でも、もう関係ありませんでした。

父親の顔すらも遠くに薄れ、罪悪感よりも、目の前のこの美しい人とひとつになっているという嬉しさのほうがずっと強く、大切に感じられました。

私たちは密着したまま互いに腰を動かし合い、呼吸を合わせ、口づけをしたまま昇り詰めていきました。

倫子さんが絶頂に達したかどうかは私にはわかりません。そんなことを推し量る余裕はまったく持ち合わせていませんでした。

「ああっ、出そうだ……倫子さん、僕イッちゃうよ……ああっ、どうしよう!」

「いいよ、そのまま中に出して大丈夫。今日は安全日だから、心配しないで。ヨシ君の熱いの、思いきって私にちょうだい……いっぱいちょうだい」

「うん、ああっ、イクよ……ああっ、あああっ、気持ちいい……あああっ」

不器用なピストン運動の果て、私は言われるまま倫子さんの一番奥に大量の精液を射出しました。

倫子さんが私を強く抱きしめて、小さく戦慄《おのの》き、膣をキューッと締めてきました。ドクンドクンと脈動する勃起は、倫子さんに締め付けれるたびに、滴を溢れさせました。腰の律動を止めてから一分間以上は絞られつづけていたような気がします。

これが私にとってあらゆる細部まで忘れられないであろう、生まれて初めてのセックスでした。とは言えこれで夜が終わったというわけではありません。倫子さんは、さまざまな体位を私にとらせて、その後も繰り返し行為を求めてきました。若さゆえに私は応えることができましたが、何度目かに射精するときにはもう外が明るくなっており、心底からクタクタになりました。

翌日は学校の講義があったのに、とてもそんな気分にはなれず、倫子さんといっしょに夕方近くまで眠り込んでしまいました。そして目が覚めたら食事を摂り、また布団に潜り込んで……。

父が旅行に出ている三日間、私と倫子さんはほとんどずっと布団の中にいて、お互いの体を貪り合ったのです。

私が自分の生みの母と離ればなれになったのは、三歳のときでした。

母の記憶はまったくと言っていいほどないのですが、代わりに私の中には正体不明の渇望が常に渦を巻いていました。それは母性そのものや、本来なら母親から与えられるはずだった愛情に対する飢えだったのだろうと思います。

私と倫子さんがこんな過ちを犯した表向きの理由は父の遊び癖に傷ついた倫子さんが気の迷いを起こしたということですが、実はその背景に私自身が抱えていたそんな事情もあったような気がしてならないのです。

倫子さんのことを母として見ようと努力するほどに、私の中に実の母から得られなかった愛を求めようとする気持ちが強烈に湧いてきて、いつからか倫子さんに対して歪んだ欲望を抱いていたのではないかと……。

いえ、今さらそんな分析をしてみても仕方がありません。ともあれ倫子さんが離婚届けに判をついて家を出て行ったのはこの一週間後のことでした。

初めての彼女に振られた息子のため
ひと肌脱いで性指導するGカップ母

大柳恵津子（仮名）　専業主婦　四十七歳

私は、専業主婦をしています。夫は商社に勤めていて、今は海外に長期出張中。本当に早いもので、結婚してもう二十五年になります。

子供は息子がひとり、大学二年です。名前は隆弘《たかひろ》と言います。昔からマジメで勉強はできるけど女の子には奥手で、少し心配していました。

でもそんな息子にもこの春にようやく彼女ができたんです。大学のクラスで知り合ったというその娘を、家にも連れてきて紹介してもらいました。

いかにも息子が選びそうな、おとなしそうな長い黒髪の、かわいい、スレンダーな女の子でした。母としてはうれしいけど、少し嫉妬を覚えたのも事実です。

だって、目の中に入れても痛くないと思って育ててきたひとり息子を、横から取られたような気がしてしまって。

だからつい、隆弘に向かってこんなことを言ってしまったんです。

「あの子、かわいいけど、ちょっと痩せすぎじゃない？」

隆弘はちょっとむくれながら、反論しました。

「母さんじゃあるまいし……俺、ぽっちゃり系は苦手だよ」

「まあ、ひどい」

私は苦笑しつつ、隆弘の肩を叩きました。

たしかに、私は体の肉づきはいいほうです。

胸はGカップだし、腰回りもムッチリしています。でも腰にはクビレができるようにこれでも気づかっていますし、自分で言うのもなんですが、大学生の息子がいるようには見えない肌のハリだと、自負しています。

もちろん、息子も冗談を言っただけのつもりでしょうが、ちょっとさびしい気持ちにもなりました。私は、隆弘のタイプじゃないんだな、って……。

私って、ちょっとヘンでしょうか？　でも母親なら誰でも、息子を男として見ている部分があると思うんです。

ともかく、とうとうこれで隆弘も親離れか……と思っていました。でも隆弘はその彼女を私に紹介してから二週間もしないうちに、別れてしまったんです。

隆弘は落ち込んでいましたが、ある意味で隆弘以上に私がショックを受けていました。自慢の息子のなにがいけなかったのかと、不思議でなりませんでした。

「ねえ、なにがあったの……？　お母さんに話してちょうだい……」

私は塞ぎ込んでいる隆弘に、彼女と別れた原因を聞いてみました。

最初は切り出しにくそうでしたが、少しずつ理由を話してくれました。どうやら初体験がうまくいかなかったことで気まずくなってしまったようなんです。

息子と性に関する話をするのは初めてのことで、私はなんだかドキドキしてしまいました。動揺を隠しつつ、私は訊ねました。

「ど……どうして上手くいかなかったの？」

一度セックスに関することを口にしたらどうでもよくなったのか、振られてヤケになってしまったのか、隆弘は事細かに話してきました。

「アレを入れる場所っていうか、角度とかが……よくわからなくて……」

奥手だから、女性器のことがよくわからなかったようなのです。

どうやら、きちんと挿入もできなかったみたいです。私は少しほっとしました。

隆弘はまだ、童貞なんだ……。

そう思うと、いまだ息子を誰にも取られていないと思うと、少しうれしくもあったんです。それに私は、隆弘があのかわいい女の子のアソコに自分のおち○ちんを挿入しようとやっきになっている姿を想像して、少し興奮していました。

隆弘と話をしながら太ももをこすり合わせるように動かすと、お股の奥がじんじんと疼くのを感じて仕方がありませんでした。

それにしても隆弘の話を聞いていると、隆弘の恋愛がうまくいかなかったのは母である私の責任でもあるような気がしました。

きっとマジメに育てすぎたのです。早いうちからセックスに開放的で、なんでも話し合える親子関係だったら、隆弘にちゃんと、正しい詳しい性の知識を与えることができたのかもしれません。

私は母として息子のために、文字どおりひと肌脱ぐことにしました。遅ればせながら隆弘に女の体について教えてあげることにしたんです。

いきなり女性の体を教えると言っても隆弘も抵抗があるでしょうから、隆弘がお風呂に入っているところにいきなり入っていくことにしました。

その晩、隆弘に早めのお風呂を勧めると、私はすぐに自分も裸になって、追いかけるように浴室に入っていきました。

「久しぶりに、いっしょに入りましょう?」

私が入ったとき、隆弘は入り口に背を向けて頭を洗っていました。

隆弘は少し驚いた様子ですが、ああ、うん……と曖昧な返事をしたまま、黙ってしまいました。

「洗ってあげるね」

私は隆弘と向かい合う体勢になって、頭を洗ってあげました。

息子の頭を洗うなんて、いったい何年ぶりのことだったでしょう。私は隆弘がまだ幼かったころのことを思い出して、懐かしくなってしまいました。

隆弘は黙ったままでしたが、よく見るとチラチラと顔を上げて、私に視線を送ってきていました。隆弘の視線の先には、ちょうど半開きになった私の股間の黒々とした繁みがあっただろうと思います。

シャンプーの泡を流しながら、私は隆弘に言いました。

「体も洗ってあげるわね」

私はタオルにボディソープを取って泡立たせました。そしていきなり隆弘の体を抱きしめるようにして、彼の背中を洗ったんです。

「あっ……」

隆弘は不意を突かれて、小さな悲鳴をあげました。

でも、そのときにはもう、私の白くてやわらかいおっぱいが隆弘の胸板にぎゅっと押しつけられていたんです。

私は隆弘の背中を洗う動きに合わせて、密着させた胸も上下に動かしました。おっぱいにはあらかじめボディソープを塗りつけておいたので、ヌルヌルとした心地よい感触でした。

私の下腹に、なにか硬いものが当たるのを感じました。

大きくなった隆弘のおち○ちんの先端が、突っついていたんです。

「隆弘……なにか当たってるよ……？」

私はわざと意地悪するように息子に言いました。隆弘の顔は真っ赤です。でも、私から体を離そうとはしませんでした。

私はタオルを捨てて、手でじかに隆弘の肌を洗いました。背中からわき腹、そして胸板からお腹、お腹の下のほう……。硬くなった肉棒に指先が触れたとき、隆弘の体はビクンと大きく一回ケイレンしました。

「まあ、すごい……」

私がその部分を目にするのは、隆弘が小学校のとき以来です。記憶のなかの幼いおち○ちんは、すっかり太く大きく、たくましくなっていました。

はっきり言って、主人より大きいんじゃないかと思いました。もしかしたら彼女のアソコに上手く挿入できなかったのは、大きすぎたのが原因かもしれません。

私は泡まみれになった指先でその肉棒を優しく包み込み、上下に動かしました。

「あっ……んっ……はぁっ……！」

私の手の動きに合わせて、隆弘の息が荒くなっていきます。

「ごめんね、お母さんが女の人の体をちゃんと教えてあげなかったから……」

私は手を動かしつづけながら、隆弘の顔を見上げます。せつない表情で私を見下ろすその顔が、かわいらしくてたまらないんです。

「だから、いまからちゃんと、教えてあげるね……」

隆弘は無言のまま、うんうんとうなずきました。声を出したら、そのままイッてしまいそうだったのかもしれません。

隆弘もいきなり私がお風呂に入ったときから、このような展開になることを半ば意識していたんじゃないでしょうか。

私はおち○ちんをいじめるのを止めて、隆弘の体をお湯で流してあげました。

そして改めて隆弘と向かい合って、自分の体をよく見てもらったんです。

「……お母さんのおっぱい、大きいでしょ？」

隆弘は私の肉体を穴が開くほど見つめてきます。

私は隆弘の手を取って、Ｇカップの胸に触れさせました。

最初はおっかなびっくり触っていた指先が、次第にずうずうしく、やわらかな肌に埋まりこんできます。

「すっごい……やわらかい……ぜんぜん違う……」

隆弘は興奮して、独り言みたいにそう言いました。

違う、というのは別れた彼女の体と違うということでしょう。私は内心、優越感を覚えました。若い子にない魅力が、アラフィフの女性にだってあるんです。

私は隆弘の手をつかんだまま、私のお腹を撫でるようにして下腹部へと滑り込ませていきました。

「ここが、アソコの、割れ目……」

隆弘の人差し指をつまんで、私の熱くなった割れ目に沿って動かしました。隆弘のおち○ちんはビクビクと、膨らんだ頭の部分を揺らしています。

「じゃあ、奥まで見せてあげるね……」

私は椅子に座って、太ももを大きく広げました。

もちろん恥ずかしさもありましたが、それ以上に自分のひとり息子に女の体を教えてやれるうれしさのほうが上回っていました。

「この上の部分に、クリトリスが……あぁんっ！」

びっくりしました。私がアソコの繁みをかき分けてその奥を見せたとたん、隆弘は私の脚の間に頭を突っ込んで、舐めてきたんです。

じっくり順番に説明しようとしたのに、いきなりむしゃぶりついてきたんです。

「ちょ、ちょっと、隆弘ったら……もう……！」

でも、やっぱり上手ではありません。

クリトリスを舌先で刺激しようとしているみたいですが、そんな小技を使われるよりも舌全体を使って広い範囲を刺激されるほうが、女は気持ちいいんです。

「もっとねっとり……唾を出してみなさい……そう……最初っから激しくするんじゃなくてぇ、時間をかけて……んんっ、あはぁ、ん……！」

私は隆弘の頭をなでながら、アドバイスをしました。隆弘は素直に言うことを聞いてくれます。かわいくてたまりません。

隆弘の舌先が尖らされて、膣内をずんずんと突き刺してきます。私もついつい腰を前に突き出して、自分が感じてしまいました。

「あ、んんあ、んんっ、はぁ……もっと……ぉ……！」

私は両手で、隆弘の頭を股間に押し付けてしまいました。

そしてちょっと、ほんのちょっとだけですが……イッてしまったんです。

私は隆弘の顔を上げさせました。そしてねっとりと私の体液に濡れた唇に、キスしてあげたんです。

「んもう……がっついちゃって……」

私は隆弘とおでこをくっつけ合いながら、笑いかけました。隆弘も少し照れたような笑顔を浮かべています。

「お母さんばっかり気持ちよくなっちゃ悪いから……」

私はそう言って、今度は自分が隆弘の股間に頭を埋めました。

「んっ、あっ！　はうぅ……！」

さっきから爆発寸前の状態になっていた亀頭を口の中に咥え込むと、隆弘はまるで女の子みたいに甲高い声をあげました。

ちゅぽん、と唇で刺激するようにして口内から弾き出すと、亀頭の先からはみるみる透明な体液が溢れ出してきます。

やっぱり若いから、本当に天を突くように上を向いています。ビンビンです。

改めて見てみると、隆弘のおち○ちんはきれいなピンクでした。

亀頭はまだ完全に露出してから年月が経《た》っていないという感じですし、幹の部分も根元まであまり黒ずんではいなくて、きれいな肌色なんです。

「隆弘のおち○ちん、きれいねえ……」

私は思わずうっとりとなってしまいました。

隆弘に女体について教育する、という本来の目的と関係なく、目の前にあるおち○ちんを味わってみたいという思いが強くなってきました。

私は改めて肉棒を口の中に咥え込みました。根元まで呑み込んでノドの奥で亀頭を刺激して、舌を使ってカリの裏側をていねいに刺激しました。

「う、あ、気持ちいい……ちょっと……やばいかも……！」

隆弘の手が、四つん這いになって垂れ下がっている私の胸に伸びてきました。

そしていまにも発射してしまいそうになるのを我慢するかのように、もどかしそうに胸を揉んできたんです。

乳首の先端が、指先でつままれるように刺激されました。

少し力の入れ方が強すぎて痛かったけど、息子の興奮具合が伝わってくるみたいでうれしくてなりませんでした。

刺激に体がくねらされてしまって、自然にお尻が蠢いてしまうんです。

そんな私の姿に、隆弘も我慢できなくなってしまったのでしょうか。

私の口の中でおち○ちんがひときわ大きく震えたかと思うと、大量の白濁した体液が溢れ出してきました。

「ぐぶっ……んっ……！」

「ああ、あああっ……ご……ごめんなさいぃ……！」

隆弘は下半身を何度もケイレンさせて、私の口内に白濁液を注ぎ込みました。

私は唇を閉じて顔を上げて、隆弘の顔を見つめました。そして口の中のものを、ノドを鳴らして飲み干してしまったんです。

「ぜ……ぜんぶ飲んじゃったの……？」

驚く隆弘に、私は胸をはって言いました。

「当り前じゃない……隆弘の体から出たものだもん、平気よ……」

出したばかりで萎びた状態になった隆弘のおち○ちんを見て、私は言いました。

「ちょっと休憩して……あったまろうね」

隆弘と私は、いっしょに湯船につかりました。隆弘が幼いころとは違い、いまでは二人で入るには小さすぎる湯船です。でも、そのぶん肌と肌が密着します。

お湯につかっている間も、隆弘は私のおっぱいを触りつづけていました。まるで手が離れなくなってしまったみたいです。

「母さん、俺……」

「なに？　どうしたの？」

隆弘がもじもじと体をよじらせています。

どうやら、またおち◯ちんが膨らんでしまったようなのです。さすが、まだ二十歳の若さです。

「セックス、してみたい……母さんのアソコに入れてみたいよ……」

隆弘の熱い吐息が、耳元に吹きかけられます。隆弘だけでなく、私自身も興奮して我慢できなくなっていました。

私は隆弘に向かってこっくりとうなずきました。

「じゃあ、お風呂から上がって……ベッドで……」

「せっかくだから、ここでしようよ……！」

隆弘のおち◯ちんが、ずんずんと私のお尻や太ももにぶつかってきました。

「あん、もう……しょうがない子ねぇ……」

ふたりで湯船から出て、そのまま私は浴室の床に仰向けになりました。ちょうどお風呂のへりに頭を乗っけるようなかっこうで、恥ずかしいけど、アソコがよく見えるように股間をぐいっと前に突き出したんです。

「生でして、だいじょうぶだからね……」

私がアソコを自分の指で広げてみせると、隆弘はうなずきながら私の体にのしかかってきました。

とうとうつながる瞬間がやってきたのです。私も感動していました。

「ほら……ここに頭の部分をあてて……あんんっ！」

隆弘のおっきなおち○ちんを手でつかんで自分のアソコまで誘導してあげたのですが、隆弘ったら、私のクリトリスの部分をつんつんと突いてくるんです。

「ん、もう……いたずらしちゃダメじゃない……」

私は自分から腰の位置を調節して、濡れた肉ヒダが隆弘の亀頭を包み込むようにしました。

「ゆっくり、前に進んでみて……そう、そう……はぁ、んんっ！」

アドバイスに従って隆弘のおち○ちんが私の中に侵入してきます。

やっぱり、すごい大きさです。若い血潮がドクドクと流れる血管の立体的な肌触りまで、私は膣口でじっくり味わっていました。

ぎこちない動きではありますが、私が上手く角度や深さを調節したので、挿入を始めてしばらくすると、根元まですっぽりと咥え込むことができました。

「すごい……入っちゃった……」

感動している息子に、私は言いました。

「隆弘……気持ちいい？」

隆弘はうなずいて、私にキスをしてきました。

重ね合わされた唇の中で舌をねっとりと絡ませると、私の中に埋まっているおち○ちんが、びくん、びくん、とさらに大きく膨らんだんです。

「あっ……んっ……じゃ、じゃあ、腰を動かしてみて……！」

私は隆弘の首に両手を回し、ぎゅっと抱き寄せながら言いました。

隆弘がぐいっと腰を引くと、勢いあまってすっぽ抜けてしまいました。

「あん、ダメよ、もっとていねいにやらなくちゃあ……」

それにしても、このおち○ちんが抜けたときの快感も相当なものでした。アソコが内側から全部、裏返っちゃうんじゃないかと思いました。

それぐらい、大きな亀頭をしているんです。

隆弘は戸惑いながらもおち○ちんをもう一度私のアソコにあてがい、挿入してきました。二回目なので、前よりもスムーズに根元まで入りました。

「んっ、あはぁ……じゃあ、ゆっくり、短めに、動かしてみて……！」

隆弘の下半身が震えながら引き戻され、また前に突き出されます。そのたびに私の膣内が熱くこすられて、蜜が溢れるのを抑えきれないんです。

ぐちゅぐちゅ、ぴちゃぴちゃ、エッチな音がふたりのつながった部分から聞こえてきます。血を分けたふたりの体液が混じり合う音です。

「んんあ、あああああん、あああああん、たかひろぉ……！」

アソコの音に負けないくらい、私の口からも悲鳴が漏れました。

「あ、あぁ、母さんのここ、すごく……締めつけてくる……！」

隆弘も動かし方のコツを覚えたみたいで、だんだん腰のスピードが速くなっていきます。それに従って、いやらしい水音も大きくなってくるんです。

「あっ……はあぁあんっ」

私はのけ反りながら、悲鳴のように大きな喘ぎ声を出してしまいました。

隆弘が私の尖った乳首に吸いついてきたんです。

器用に背中を曲げて、腰を動かしながら乳飲み子のようにおっぱいにむしゃぶりつくんです。なんだか、ほんの短い間にセックスが上手になったみたい……。

体を張った甲斐があったなって、うれしくなっちゃったんです。

「も、もっと突いてぇ……強く、激しくして、いいのぉ、おぉ……！」

ずんずんと私の体が隆弘のピストンに突き上げられました。汗に濡れて光る白いおっぱいが、まるで波のように揺れました。

大きく広げた両足で隆弘の下半身を挟み込むと、腰の動きはますます激しさを増しました。隆弘の顔に、苦悶に似た表情が浮かびました。

「か……母さん、おれ、もうダメかも……！」

「だいじょうぶだから……！　そのまま、きてぇ……あああああんっ！」

隆弘のおち○ちんが私の体のいちばん奥深くまできたとき、限界まで膨らんだ亀頭の先端から熱いものがほとばしったんです。

こうして私のリードで、隆弘は女の体を知りました。それなのに、隆弘にはいまだに新しい彼女がいません。いえ、作ろうとしないんです。

「お母さんのむっちりした体が一番いい。同年代の女の子は痩せすぎだよ」

そんなことを言うんです。以前とは言っていることが百八十度違います。

隆弘は私以外の女性に欲情しなくなってしまったんでしょうか。うれしいけれど困った子です。隆弘との関係は、いまも現在進行形なんです……。

第四章
ぬくもりを求め合う近親者の真実

母乳の出る叔母に抱いた性衝動
誰にも言えない秘密の射精体験

島田義和（仮名）　職業不明　年齢不詳

乳の出ない母の代わりに生まれたばかりの弟へ母乳を吸わせてやっていたのは、当時三十代の半ばの叔母、佳代子《かよこ》さんだった。未婚の佳代子さんに子どもがいたことはないが、赤ん坊を抱いているだけでもホルモンを刺激されて乳が出るようになることが女にはあるらしい。

ふっくらとした肉付きで色白の佳代子さんは青い網状の血管の透けた重たげな乳房に手を当てて、微笑みながら乳首を弟の唇に含ませてやっていた。

「義和《よしかず》クンにもおばちゃんがお乳あげたんよ」

部屋の隅にいる私の名前を口にして微笑んだ。

私が乳を吸っていたのは十数年前だから佳代子さんがまだ二十代のときということになる。思い出すことができたならどんなにいいだろうか。悔しく思いながら、プクッと膨れた黒い乳首をねぶっている弟を見ていると、強烈な妬《ねた》ましさに胃の辺りが熱くなった。

そんな自分を恥ずかしく思いつつ、私は佳代子さんの豊な乳房をできるだけさり気ないふうを装って眺め、いつものように股間のものを屹立させていた。

かねてより私は密かに佳代子さんをオナペットにしていた。

妄想のなか、佳代子さんの大きな乳房を両手で支え、先端に唇をつけて、溢れる母乳を吸っていた。

唇と唇でフレンチ式のキスもした。床屋の読物雑誌を盗み見て以来、いつか恋人とするんだと憧れていた大人のキスだった。

佳代子さんとそんなことをしている自分を思い浮かべるだけで興奮は容易に頂点へ達した。しかし、白い液体で汚れた自分の手のひらを見るたびに、ゾッとするような罪悪感が込み上げてもきた。

相手は実の叔母だった。母の妹だった。そんな人を性の対象として見てしまっている自分は異常者に違いなかった。

私は自分を軽蔑していた。そしてその正体を暴かれてしまう恐怖に日々怯えていた。怯えながら、しかし欲望を抑えることができなかった。

私は自意識をこじらせた内向的で妄想的なマセガキだった。

佳代子さんはいつでも弟に乳をあげられるよう、家の中では乳あてをしていなかった。その豊満な胸におんぶ紐がきつく食い込み、衣服を透かして濡れた乳首をまざまざと浮き出させていることがあった。

滲んだ母乳のせいで乳首の色まではっきりわかった。

授乳している最中に見る乳房よりもそれは遥かにエロチックだった。ふとすれ違うときなど、そういう胸元を見るとたまらない気持ちになり、そんな日は一日のうちに二度、三度とオナニーしてしまったりした。

それでもあのころはまだ折々に見る刺激的な光景や、妄想に耽りながらするオナニーでどうにか自分をなだめることができていたように思う。

しかしある日、佳代子さんが自分で乳を搾っているところに出くわしてしまったことから、私のなかの欲望はさらに踏み込んだところに入ってしまったのだ。

学校から帰って手を洗おうと風呂場の洗面台に向かったとき、廊下から一歩踏み込んだところで、上半身を露にした佳代子さんの姿が目に飛び込んできた。佳代子さんは鏡の前、洗面台の上で両手で乳房を揉んでいた。それがなにを意味する行為なのかが咄嗟にはわからなかった。

見てはていけないものだと感じて慌てて目を伏せると、流しの排水溝に白い母乳がツルツルと吸い込まれていくのが見えた。それを瞼の裏に焼き付けながら私は廊下の側へ体を戻した。

佳代子さんも私がとつぜん現われたことに驚いたらしい、ときを同じくしてこちらへサッと背中を向けた。

「和夫《かずお》（弟）ひとりで飲むには多すぎるんよ」

廊下で気まずく思いながら息を詰めて立っている私に佳代子さんが言った。

母乳がたくさんできすぎて、そのために乳房が張って痛いから、自分で絞り出しているのだと佳代子さんは加えて説明してくれた。

佳代子さんの説明はこのときの無知な私にひどく新鮮な驚きをもたらした。

「ち、乳ができすぎると……そんなに痛いんか？」

「重たいし痛うてかなわんわ。絞っても絞っても、少し時間が経《た》つとまた溜まってくる」

言いながらまだ乳を搾っている。垂れた母乳が流しを打つ音が聞こえてきた。

「なあ、そんなんだったら――」

と、自然に言えたのは女体の神秘に素朴な感動を覚えていたせいだろう。佳代子さんと直接顔を合わせていなかったことも大きかったと思う。

「僕が吸うたるけん。和夫と僕と二人で吸ったら、そんなに溜まらんでええやろう?」

「あら、そんなこと言って義和クン、ホントはただ乳吸いたいだけなんとちがう?」

ふだんの私なら必死に否定していたに違いない。しかし佳代子さんが冗談めかして言ってくれていたこともあり、このときだけは素直に「うん」と認めることができた。

なにかのボタンが一つ掛け違ってもこうはいかなかっただろう。

「ちょっと待っててな。ここじゃあれだから」

佳代子さんがいったん服を着直して私を居間にいざなった。

壁際のベッドでは弟が寝息を立てていた。

「義和クンが赤ちゃんのときも、ここでこうして、おんなじように吸わしてたわ」

いつも弟に授乳させているときと同じ仕草で、ソファへ腰掛けた佳代子さんが白い大きな乳房をまったりとまろび出させた。

私は膝枕をしてもらうように佳代子さんの太腿に頭を載せ、緊張と興奮を押し隠しながら目の前の乳首に唇を吸いつけた。

そのとたん、懐かしいような、クラクラと眩暈のするような不思議な感覚に襲われて、私の頭は真っ白になった。

乳房の丸みに両手を沿え、軽く持ち上げるようにしながら乳首の根本を唇で絞り、強めに吸った。

生温かい乳がたちまち口いっぱいに溢れた。少し酸っぱい、水っぽいヨーグルトのような乳を、私は吸うばかりでなく飲み込んだ。

佳代子さんは「赤ちゃんじゃないのにお乳飲んでるなんて誰にも言えないね。大丈夫、ないしょにしといてあげるからね」と言ってクツクツと楽しそうに笑っていた。

恥ずかしかったが、そうして構えずに受け入れてもらえたことに心から安堵した。もう弟に妬《や》かなくて済むという思いが劣情を宥めてくれてもいた。

私はこのとき、「乳を飲みたい」という恥ずかしい願望を子供らしい無邪気なものと受け取ってもらえたのだと思っていた。醜い劣情を見透かされずに済んでよかった、本性を見破られないでよかったという嬉しさがその思いの裏側に貼り付いていた。

私はとても満ち足りた気持ちで、いつも弟がしているように無心に乳首をねぶり回しながら母乳を飲んだ。

ただし、股間のものだけは私の嘘を嘲笑うかのようにグロテスクなほど熱く、硬く屹立していた。私は巧妙に体をひねって佳代子さんの目からそれを隠した。

この日から佳代子さんは私にもちょくちょく乳を吸わせてくれるようになった。父母は共働きで昼間は家にいなかった。私たちの他にこの事実を知っている者があるとすれば、それはいつも佳代子さんといっしょにいる弟だけだった。ときおり、ベビーベッドの中で横たわっている弟が、佳代子さんの乳を吸う私の姿を不思議そうな目で見てくることがあった。

私と違って弟には自分を偽ったり嫉妬をしたりするような卑しい感情がまだなかった。そのまっすぐな瞳で見つめられていると、いい年をして叔母の豊乳に唇を吸いつけ、無邪気なふりをしながら舌を動かして股間を屹立させている自分がひどく意地汚く感じられた。しかし同時に、なぜだか激しい興奮も覚え、次第に乱れてくる息遣いを隠すのに苦労しなければならなくなった。

整理のつかないさまざまな思いを抱えたまま、それでも私は弟から目を離さずに乳を吸いつづけた。佳代子さんはいつも弟にしているのと同じように私の頭を優しく撫でてくれていた。

一度、佳代子さんが弟へ授乳している最中に私がもういっぽうの乳房へ吸いつき、両方の乳を兄弟でいっしょに吸い立てる格好になったことがある。

弟は相変わらず私のことを不思議そうに見つめながら咽喉を鳴らしていた。

いっぽうの私は、勝手に対抗心を煽られて、まるで弟と佳代子さんを取り合っているような気分になった。佳代子さんは俺のものだとばかり、片腕を佳代子さんの腰に回してグッと自分に引きつけるように抱いた。

腰を抱いた腕が佳代子さんの大きな尻に密着していた。

その感触に私はまた新たな劣情を掻きたてられた。

両方の乳首をねぶられながら、しかし佳代子さんは落ち着いていて、「お兄ちゃんもおっぱいほしいんだって。おかしいね」と弟に笑いながら話しかけていた。

そんな佳代子さんの尻の感触を痴漢の如く味わい、乳首を甘噛みしながら、私は今にも勃起を脈動させそうになっていた。

はっきりと、佳代子さんと一つになりたいと願っていた。

私のその願望は単なる性的好奇心の域をこえた、もっと凶暴で狂おしいものだった。血の繋がった叔母に対してどうしてこれほどに強い性衝動が湧いてくるのか、自分でもよくわからなかった。

が、今にして思えばこういうことではなかろうかという想像がつかぬわけでもない。私は実の母親からの愛情を幼児期の段階でほとんど感じることができなかった。

愛されていなかったとは思わない。しかし勤め先で重要なポジションに就《つ》いているらしい母は非常に忙しく、私たちとスキンシップをとる時間を積極的に作ろうとしなかった。

そのことが私に愛の渇望という精神的状況を成立さしめ、母の身代わりとしての叔母に対して近親相姦の衝動を育ませたのではなかっただろうか。もちろんこれは今だから考えられることであって、思春期の私には想像の埒外にあったのだけれど……。

当時の私はただ戸惑いながら、いつしかオナニーの際の妄想のなかで佳代子さんと性行為をするようになっていた。以前は乳を吸ったりフレンチキスをする自分を想像するだけであっけなく達していたのに、それだけではもう満足することができなくなっていたのだった。

佳代子さんは弟が卒乳するまでは同じ家に住んで世話をしてくれることになっており、ご飯も作ってくれるし掃除も洗濯もしてくれた。もはや私たち兄弟にとって母親そのものだった。

だからこそ私は、自分はどこかおかしいのではないかという繰り返し襲いくる思いに深く苛まれることになった。

　そんな私を佳代子さんは変わらぬおおらかさで受け止めつづけてくれていた。その優しさに甘えているうち、私はどこかで増長してしまっていたのかもしれない。

　あるいは若い衝動というものは、遅かれ早かれ手が付けられなくなってしまう宿命にあるものなのか……。もともと奇跡のようなバランスで成り立っていた私たち三人の関係がどうにか安定したかたちで続いていたのは、せいぜい二カ月ほどだったと思う。そのバランスに変化が訪れたのはある日、学校から帰った私が居間の床で昼寝している佳代子さんの姿を見たことがきっかけだった。


　日当たりと風通しのいい居間に弟と佳代子さんの寝息が静かに聞こえていた。

　片腕を枕にして横向きに横たわる佳代子さんは白地に紺色の水玉模様があしらわれた涼しげな短いワンピースを着ていた。

　胸のボタンが三つまで外れていて、豊かな谷間がこぼれ出しそうに覗けていた。いつものように乳あてはしていなくて、母乳の滲んだ乳首が布地に透けていた。

　弟は壁際に置かれたベビーベッドの中にいた。

　じきに沈みきるやわらかな西日に照らされて、三十代の佳代子さんの肉付きのいい体はやや汗ばんでいた。

近づくといつになくムンッと濃い甘ったるい匂いが強くした。生白い肌がヌメるように艶めいて見えた。

ふいにゾクゾクッとくる強烈な興奮が身の内に沸き起こって体じゅうに鳥肌が立った。この時点で私はおそらく理性を失いかけていたのだと思う。

佳代子さんの様子をうかがいながらその回りを三周した。

腰のくびれから滑らかなカーブを描いて盛り上がる尻と、そこから爪先へと至る長き稜線を目で追った。

ふだんは乳にばかり意識を集中させていただけに、佳代子さんの下半身が妙にエロチックに感じられた。

私はできるだけ音を立てないように注意しながら身をかがめた。そしてワンピースの裾から叔母のショーツを覗き見ようとした。

見えそうで見えず、私は欲望に喘いだ。

少しの間迷ったあと、我慢できずに手を伸ばしてゆっくりと裾をまくり上げた。そうしつつ重なった太腿の裏をなぞり上げるように視線を上げていく。と、尻に喰い込む捩れた白いショーツが見えた。

心臓がドクンドクンと跳ね踊った。いったん顔を上げて佳代子さんが目を覚ましていないかどうかを確認した。

佳代子さんは変わらず寝息を立てていた。

私は抑えがたい衝動に衝き動かされるように、そっとショーツに顔を近づけた。乳を吸うときにいつも嗅いでいる佳代子さん特有の優しい匂いの向こうに、もっと刺激の強い、心を掻き乱すアロマを感じた。

にわかに凶暴なほどの性衝動が込み上げてくる。

「あぁぁぁぁーっ」

だしぬけに弟が寝言を発しなかったら、私は佳代子さんの尻に顔を突っ込んでいたかもしれない。

驚いて、慌てて顔を上げた。そしてふたたび佳代子さんをうかがった。

佳代子さんはまだ寝ていた。弟はすぐに静かになった。

私の心はかき乱され、その動揺が冷静な判断力をさらに失わせた。私は自分の手足が勝手に動いていくのをどこか他人事みたいに眺めていた。

日焼けした自分の両手が佳代子さんの胸元に伸び、ボタンを外しはじめていた。

すでに三つ外れているため、二つ外しだけで佳代子さんの重たい乳房が流れ出るようにこぼれ出して畳に向かって垂れた。

今なら目を覚まされても構わない――。

そう思えたのは、乳房であればいくら弄《いじ》っていてもいつものように乳を吸おうとしただけだと言いわけができるからだった。

私は両手で佳代子さんの肩を持って、上半身だけをそっと仰向けに返した。

豊乳が体の左右に向かってまったりと垂れる。そのいっぽうに手を当てて肉を寄せ、横から首を伸ばしていって唇を吸いつけた。

許可なくそれをしているという事実に戦慄するような興奮を覚えた。

隣の家の電話がリンリンと鳴っているのがかすかに聞こえた。

一つの音に気づくと急に他の音も判別できるようになった。

夕方のテレビ番組の音声や、どこかの家の台所で夕食を作っているらしいカチャカチャ、コトコトという音が渾然となって辺りを漂っていた。

平和な日常の世界に、ただ一人私だけが汚らしい変質者として、ひと目を忍んでモゾモゾと怪しく蠢いているのだった。

「あうあぁぁ……」

弟がまた声を出した。

気にもならない小さな声だった。

しかし続けてギィッとベビーベッドの枠の軋む音が聞こえてきたので、私は乳房から顔を上げてベッドを見た。

すると弟が柵の隙間からじっとこちらを見ていた。


なぜかいっそう興奮した。弟に見られているとますます興奮するというのは毎度のことだったが、このときはふだんよりもさらに強烈に昂りを覚えた。

私は身体の向きを変えて弟が常に自分の視界に入るようにした。その上で改めて乳首をねぶりながら、上目遣いで弟と目を合わせた。

あまっている手を佳代子さんの下半身に下ろして、捲れたままのワンピースの裾からあらわになっている太腿を撫でた。

まだ重なったままの太腿を押して下半身も仰向けにさせると、私は佳代子さんのショーツの上から、脚の付け根の三角地帯へと指を滑り込ませた。

薄い布地越しに陰毛のザラつきを感じ、その奥にある柔らかで繊細な肉の感触を確かめた。生まれて初めて知る女陰の気配に酔いながら乳首を吸い、舐め、豊乳を根っこから絞るように揉んだ。

雑誌に少しだけ乗っていた「ペッティング」のやり方を思い出していた。

床屋のオヤジの目を盗みながら読んだその記事に従って、私はショーツに当てた指を先ほどまでよりも強く布地に食い込ませた。

心臓が痛いほどに高鳴り、口から飛び出しそうになっていた。

ふと指先にヌルつくような湿り気を感じて、いっそうの興奮に襲われた。

これまで佳代子さんになにをしても、異性を意識させるような態度や、みだりがましい反応が返ってきたことは一度もなかった。佳代子さんが私を子どもとしか見ておらず、だからこちらの劣情にも気づかずにいたからだろう。

そう考えていた私はホッとしていながらもどこかで焦りのような、オスとしてのプライドを傷つけられているような、ある種の口惜しさもまた感じていたように思う。

それが初めて（雑誌に書いてあったとおりに）「濡れている」のだ。

私はゾクゾクと色めき立ち、興奮を新たにして佳代子さんの体を弄びはじめた。

「うんっ……ン」

とうとう佳代子さんが小さな呻き声をあげた。私がショーツに押し当てた指を上下へ擦るように動かしている最中だった。

動きを止めてしばらく様子を見る。しかし佳代子さんはまだ目を覚まそうとしなかった。

この繰り返しに私も少し慣れはじめていた。だからそれまでよりも冷静に佳代子さんの表情を観察することができた。

私は思いきって佳代子さんのショーツに指をかけ、ゆっくりと脱がせにかかった。佳代子さんが深い眠りに落ちているのではなく、実は寝た振りをしているだけなのだと悟ったからだった。

ぴっちりと張り付いたショーツを脱がせていく過程でその想像は確信に変わった。叫び出したいような興奮と感動が込み上げてくる。

おそらく佳代子さんはずっと前から私の劣情に気がついていたのではないだろうか。そのうえですべてを受け止めてくれていたのではないだろうか。

醜い正体がバレていたという強烈な羞恥と戦慄はしかし、一瞬でどこかに消えてしまった。

私は佳代子さんの脚を開かせ、秘所を見た。生まれて初めて見る女の剝き出しの性器だった。

私はその花弁状の肉裂に鼻を当て、匂いを嗅ぎ、舐めた。そうしながら手を上に伸ばして乳を揉んだ。

手が濡れていた。なんだろうと不思議に思って視線だけを上げて確かめると、揉んでいる乳房の先から母乳がピュッ、ピュッと噴き出していた。

弟がまた「あうあああぁぁっ」とあくびのような声を出した。

眩暈《めまい》を覚えるような高揚の極みのなか、私は猿股を脱いで剝き出しにしたペニスを闇雲に秘所へ押しつけると、目を閉じたままの佳代子さんの体がその瞬間にピクンと震え、緊張したのがわかった。

性交をしようとしたのだが、やり方がわからず、そのまま夢中で腰を動かした。

腰を動かしながら前屈みになって佳代子さんの母乳まみれの乳房に自分の胸を重ね、佳代子さんにキスをした。

力なく開いた口に舌を差し込んで舐め回した。

性交がうまくいったのか、いかなかったのかもわからない。途中、たしかに中に入ったと感じた瞬間もあった。

佳代子さんの腰が動いたり、背が反り上がって腹がグウッと持ち上がってくるような場面では、もしかしたら佳代子さんが甥のペニスを抜こうとして身を捩っていたのかもしれない。

しかし無我夢中の私に確かなことはなにもわからなかった。

何度か弟と目が合った。

もしも彼にこのときの記憶があるのなら、どんなふうに見えたのかを尋ねてみたい気もするが、覚えていることなど万に一つもありえないだろう。

やがてドクドクと射出された青くさい白濁液は、佳代子さんの中ではなく、性器の辺り一帯へ派手に飛び散っていた。

にわかに強い罪悪感に苛まれた私は、その汚れを自分の猿股でぬぐい、佳代子さんにショーツを穿かせ直し、しかし胸元は焦りゆえ適当にしか直さず、逃げ出すように居間を出て自分の部屋にこもった。

快感の余韻と虚無感に全身が気だるく痺れていた。そしてこれから先、佳代子さんとどう接していけばいいのかという怖さがしみじみ込み上げた。

佳代子さんはその後も何事もなかったかのように「義和クン、義和クン」とふつうに接してくれていた。ただ、私のほうが居たたまれなくなり、この日以降は母乳を求めることもいっさいやめてしまった。

生き別れた妖艶な母との再会を経て二十四年ぶりに味わった最愛の乳首

日影陽一（仮名）　農業　二十六歳

ある地方の片田舎で農業を営んでいる陽一《よういち》と言います。

父が去年亡くなり、天涯孤独の身になったときのこと。

結婚したくても、片田舎では年頃の女性は村を離れる傾向が強く、嫁の来てもありません。初七日が過ぎ、これからの人生に不安を感じていたところ、一人の女性が弔問にやって来ました。

驚いたことに、彼女は二歳のときに生き別れた実の母でした。

死んだ祖母から、母のことはだらしのない女だと聞かされており、写真も残っていなかったのですが、とてもそんなふうには見えませんでした。

十九歳のときに私を産んだので、今の年齢は四十五歳。近所に住むおばさんと密かに連絡を取り合っていたらしく、訃報《ふほう》を聞いて駆けつけてくれたようです。

子供のころは母を憎んだこともありましたが、私は彼女を引き留め、夜通し話し合いました。

閉鎖的な村社会、姑との折り合いの悪さから日々の生活に耐えられなかったこと。私を置いて出ていけと言われ、泣くなく家を飛びだしたこと。話を聞くにつれ、母に対するわだかまりは自然ととけていきました。

今は東京でバーのママをしているらしく、田舎の女性では決して見られない洗練された美しさを見せていました。

こんなきれいな人がお母さんでよかったと思う反面、心のどこかで女を感じてしまったのは事実だと思います。

その日、私たちはひとつの部屋で布団を並べて寝ました。

今にして思えば、寂しさもあったのでしょう。私はいい歳をして、いっしょの布団で寝たいと懇願したんです。

母は微笑みながら、私を布団の中に導きました。

「こっちにいらっしゃい」

柔らかくて包みこんでくれそうな温かさと安らぎ。私は童心に戻ったかのような感覚を味わいながらも、股間の中心をじょじょに昂《たかぶ》らせていきました。

母は豊満な身体つきをしており、肌全体がもちもちとしたふっくらさに満ち溢れていました。

浴衣の上から乳房に手を這わせても、彼女はなにも言わず、ずっと抱きしめてくれたんです。異性との性交渉がご無沙汰だったこともあり、股間の逸物はいつの間にかビンビンと反り返っていました。

バストをゆっくりと揉みしだいても、母はなにも言いませんでした。

眠ってしまったのかもしれない。そう考えた私は、浴衣の合わせ目から手をそっと忍ばせました。

熱く息づく胸の膨らみ、もちもちとした柔肌の弾力感。指先が大きな乳首をとらえると脳漿が沸騰し、下腹部が悶々としだしました。母の乳房は釣り鐘のような大きさを誇り、たぷたぷとした手触りを与えてきました。

もっと激しく揉んでみたい、顔を埋《うず》めてみたい。鼻をそっと近づければ、甘い石鹸の香りがぷんと香りたち、牡の本能を刺激しました。

私はいけないと思いながらも、生乳をゆったりと揉みしだき、乳房の弾力をたっぷりと味わったのです。

乳首に唇を近づけた瞬間、母の肩がピクンと震えました。

「……だめよ。なにをしてるの」

優しい口調でしっかりとたしなめられたものの、欲望の炎はもうとどまることを知らずに燃えさかっている状態でした。

「ちょっとだけ……いいでしょ？」

「しょうがない甘えんぼね。ホントにちょっとだけよ」

「うんっ！」

母の許可を受けた私は、喜び勇んで乳頭を口に含みました。

会えなかった二十四年間の溝を埋めるように、チューチューと激しく吸いたてていると、母は豊かな腰をもどかしげにくねらせました。

「ン……ふぅ」

耳を澄ませば、甘い吐息まで聞こえてきて、牡の性感はますます高まるばかり。このときの母が、どう思っていたのかはわかりません。ただ幼い子供を捨ててしまったという罪悪感があるのか、なすがままの状態でした。

やがて舌の上で乳首が硬くしこりだし、小粒の葡萄のような大きさにまで膨らんでいったんです。

舌先で上下左右にピンピンと弾くと、今度は内股をすり合わせ、胸の谷間から汗混じりのミルク臭が漂いはじめました。肌はいつの間にかしっとりと汗ばみ、まるで手のひらに吸いついてくるような感触を与えていました。

母の膝がたまたま股間の頂に触れた瞬間、甘美な電流が走り抜け、私はこのときに完全なる野獣と化したのだと思います。

「か、母さん……俺、我慢できないよ」

「だめ……それだけはぜったいにだめよ」

「でも、これ以上は耐えられないよ」

乳房を揉みながら再び懇願した直後、母は小さな溜め息をつき、掛け布団を捲りあげました。そして上体を起こし、私が穿いているハーフパンツの紐を外してきたんです。

「手でしてあげるわ。それで我慢して」

「う、うん」

仰向けになり、自ら腰を浮かしたとたん、母はパンツをトランクスごと引き下ろし、足首から抜き取りました。

ビンと弾けでたペニスはすっかり剛直と化し、まがまがしいほどの昂りを見せつけていました。

「まあ……赤ちゃんのときは、あんなにかわいかったのに」

羞恥心はなぜか少しもなく、私は期待感に胸をドキドキさせていました。そして母はティッシュ箱を枕元に引き寄せたあと、布団に肩肘をつき、半身の体勢で肉筒に指を絡めてきたんです。ただそれだけの行為で快感の嵐が中心部で巻き起こり、肉筒がドクドクと脈動しました。

「おふっ」

母はリズミカルな動きでペニスをシュッシュッとしごきたて、股間をじっと見つめられているという状況だけで射精感はどんどん増していきました。

加えて浴衣の前合わせがはだけ、露《あらわ》になった乳房と太腿がこれまたすさまじい昂奮を与えてくるんです。

私はまたもや乳房を揉みつつ、むっちりとした太腿に熱い視線を注いでいました。

浴衣は鼠蹊部の付近まで捲られているのですから、悩ましい暗がりが気になってどうしようもありませんでした。しかも母は手コキをしながら腰をわずかにくねらせ、内股をすりすりとこすり合わせているのですから、悩ましい仕草がさらに男の欲情をそそらせました。

「か、母さん」

「なに？　もうイキそうなの？」

「お、俺、母さんのあそこ、見たいよ」

「だめよ。そう言ったでしょ？」

「だって……だって」

私は乳房から離した手を、彼女の下腹部に移動させました。すかさず足が閉じられたものの、マシュマロのような太腿の狭間から指を強引に潜りこませたんです。

「あ……だめっ」

指先はピンポイントに秘裂へとあてがわれ、ぬめぬめとした内粘膜の感触をはっきりととらえました。そこは愛蜜に溢れ、しっぽりと濡れそぼっていたんです。

母もあそこを濡らしている。性的昂奮に駆られているのだという事実を知った瞬間、心臓が破裂するのではないかと思うような衝撃が襲いかかりました。

あんなに昂奮したのは、童貞を失ったとき以来のことです。

私は母にもその気になってほしいと、懸命に指先を上下にスライドさせました。

ところが股の付け根からくちゅくちゅと淫らな音が響きだしたとたん、母は猛烈な手コキを繰りだしてきたのです。

その時点で、鈴口からは大量の我慢汁が溢れでていました。

母は粘液を手のひらに含ませ、ペニス全体にまとわせながら肉筒をギューギューとしごいてきたんです。

「あ、あ、あ、あぁぁぁっ」

快楽の火の玉が全身に駆け巡り、女芯への指の動きを止めざるをえませんでした。

「あぁっ、イクっ、イキそう！」

私は全身の筋肉を強ばらせ、ひたすら雄叫びをあげつづけました。

母からすれば、過ちを避けるために早く射精させようとしたのでしょう。

ふっくらとした指腹が雁首をこすりあげるたびに射精感が膨らみ、私は堪えきれずに放出の瞬間を訴えました。

「あっ！　イッちゃう、イッちゃう!!」

「いいわよ、たくさん出してっ」

「イックぅぅぅぅっ!!」

身体が仰け反ったと同時に熱い淫水がほとばしり、頭のなかが真っ白になるほどの陶酔のうねりが全身を覆い尽くしました。

腰の奥が甘ったるい鈍痛感に包まれた経験なんて初めてのことです。精液は一直線に何度も跳ねあがり、自身の胸のあたりまで飛び散るほどのすさまじさでした。

「すごいわ……こんなにたくさん出して」

母はペニスを何度も絞りあげ、尿管内の残滓を根こそぎ搾りだしているようでした。そのあいだ、私は朦朧《もうろう》とした顔つきで天井を仰ぐばかり。はあはあと、ひたすら肩で喘いでいました。

大量の精液で汚れた下腹部を、母はティッシュで丁寧に拭い取ってくれました。

「大丈夫？　Tシャツは脱いだほうがいいわ」

「う、うん」

息が整いはじめると、私は上体を起こし、精液まみれのシャツを頭から抜き取りました。ところが一回放出して気持ち的にはすっきりしたはずなのですが、股間の肉槍は依然として屹立状態を維持していました。

盛りがついてしまったかのように、ペニスがまったく萎えないんです。

母はすぐに浴衣の前合わせを閉じたのですが、太腿はまだ剝きだしのまま。視線をむちっとした下腹部に注いだ瞬間、再び官能のほむらが燃えさかりました。

「か、母さん」

「な、なに？」

「お、俺……」

母の驚愕の眼差しが、股間の一点に向けられました。

「母さんがほしいよ」

「バカなこと言わないで。それだけはぜったいにだめよ」

「だって、母さんだって濡れてたじゃないか」

「きゃっ」

私は母に抱きつき、そのまま布団に押し倒しました。

「や、やめなさい。私たちは親子なのよ。あ、ンぅ」

ふっくらとした乳房を揉みしだいただけで、母は鼻から甘い吐息をこぼしました。

「あ、や、やめなさい」

母は盛んに拒んでいたのですが、決して強い抵抗は見せませんでした。

股の付け根に手を伸ばすと、彼女は下腹部に力を込めたのですが、濡れそぼったあそこは指先の侵入を容易に許し、肉厚の腰がぶるぶると震えはじめました。

「あ、あぁっ」

快楽を得たときの声なのか、それともあきらめの溜め息なのか。そのときの私にはわかりませんでしたが、とにかく無我夢中で膣内に指を抜き差ししました。

ぬるぬるの膣の中は締めつけが強く、陰唇が指にへばりついてくるような感触を与えました。くちゅくちゅと淫らな抽送音が響きだすと、母の身体から力が抜け落ち、ようやく彼女が肉悦を得はじめたのだと確信したんです。

私は乳房を激しく揉みしだき、乳首を舐めしゃぶって、母の性感をさらに高めようと試みました。そして口での愛撫を、じょじょに下方へと移動させていったんです。

「あ、いやっ」

母は布団から頭を起こし、泣きそうな顔を向けたのですが、私はかまわず太腿を割り開き、股間に顔を埋めていきました。

そこはとろとろに溶け崩れ、卑猥な熱気と湿り気をムンムンと発していました。外側に大きく捲れあがった陰唇、ルビー色に輝くクリトリス。秘裂の狭間にはローストビーフのような色合いの粘膜が覗き、たっぷりの愛液を湧きださせていました。

この穴から自分が産まれてきたのかと思うと、なんとも妙な気分になって……。

息をゆっくり吹きかけると、母は豊満なヒップをシーツからツンと浮かせました。とろりとした愛液が滴り落ち、膣内の赤い肉があわびのようにひくついた瞬間、頭の片隅に残っていた理性はすべて吹き飛んでしまったんです。

「ひっ！　はぁぁぁっ」

私は恥部にかぶりつき、クリトリスや陰唇はもちろんのこと、鼠蹊部やお尻の穴まで舐めまくりました。そして愛液を啜りあげ、唇を窄めて小さな肉の突起をチューチューと吸いたてたんです。

「ひっ、ひぃやぁあぁぁぁっ」

母は大きく仰け反り、両手でシーツを引き絞っていました。

そのころには快感一色に染まっていたのでしょう。足を閉じることもなく、舌での愛撫を受けいれているようでした。

ぴちゃぴちゃ、じゅるじゅると派手な音を立て、私は母の性感を高めようと躍起になっていました。

「ン……ン、ンぅぅっ」

甘酸っぱい愛液を舐めあげ、クリトリスを愛撫し、指を割れ目に挿入すれば、膣の中からすさまじい熱風が吹きだしました。

母は間違いなく感じている。それでも彼女は口を引き結び、必死に歓喜の声を堪えているようでした。

布団に押しつけられたペニスは激しい脈を打ち、じんじんと甘く疼いていました。

できれば口と指で絶頂に導きたかったのですが、もう我慢できないと思った私は身を起こし、亀頭を愛液と唾液でベタベタの割れ目に押しあてました。

「か、母さん……入れるよ」

母は顔を横に向け、なにも答えませんでした。

目を閉じ、唇を噛み、複雑な表情を浮かべるばかり。私は牡の欲望に逆らえず、滾る男の象徴を膣の中に差し入れていったんです。

「ン、ンむぅぅっ」

母が白い喉を晒し、苦悶の表情を浮かべるなか、ぐいぐいと腰を突きだしました。

ペニスが根元まで埋めこまれると、包みこんでくるような温もりとやんわりとした媚肉の感触がとても気持ちよくて、心のなかにある不安が急激に薄れていくような思いがしました。

「母さん、ぜんぶ入っちゃったよ」

母に抱きつき、耳元で囁いても、彼女は無言のままでした。

顔の表情からなにを考えているのかはわかりませんでしたが、しばしの一体感を満喫していたところ、しっぽりと濡れた膣肉がヒクヒクと蠢き、ペニスを優しく揉みこんできました。

いったんは停滞しかけていた性欲が息を吹き返し、腰をゆったりとスライドさせれば、今度はペニスに甘美な電流が走り抜けました。

とろとろの膣肉が男根にべったりと絡みつき、引き絞るようにしごきあげてくるのですから、あまりの快感にすぐさま放出を迎えてしまうのではないかと焦りました。

全身に力を込め、私は奥歯を噛みしめて本格的な抽送に移りました。

正常位からバック、横向きの体勢から座位と、あらゆる体位で膣肉を男根で抉っていったんです。

「あ、あぁぁ……ン、はあぁぁっ」

母は相変わらずなすがままでしたが、吐息をこぼす間隔がじょじょに狭まり、いつの間にか頬が桜色に染まっていました。そして騎乗位を試すころには自ら浴衣を脱ぎ捨て、腰を振ってきたんです。

「あぁ、母さん、気持ちいい、気持ちいいよぉ」

「私も……お母さんも気持ちいいわぁ」

「そんなに腰を動かしたら、我慢できなくなっちゃうよ。どうして、お尻をくねくねさせるの？」

「やン……陽ちゃんが悪いんでしょ」

恥ずかしげに身をくねらせる母に、私は子供のころにかえって、とことん甘えてみたい心境でした。

いや、あのときはもう完全に子供になっていたんだと思います。ぶるんぶるんと揺れる乳房を手で摑み、私も下から腰をがむしゃらに突きあげました。

「あ、あぁぁン。だめっ、陽ちゃんは動いちゃだめっ」

言われたとおりに腰の動きを止めれば、母は目元を赤らめながらしがみつき、唇を重ね合わせてきました。

このころになると母は積極的になり、猛烈な勢いで舌を吸いあげました。

私のほうはねっとりとしたディープキスに身も心も蕩け、胎内回帰したような気分に浸っていたんです。

「ン、ンン、ンむふぅっ」

腰をグリグリと回転させるたびに、母は鼻からくぐもった吐息を放ち、豊満な肉体をぶるっと震わせました。

「あ、はあああっ」

やがて母は身を起こし、肉厚のヒップをドスンドスンと打ちつけはじめ、下腹部を覆い尽くす心地のいい圧迫感を受けながら、私も再び下から腰をしゃくりあげました。

「ひっ！　ひぃぃぃぃぃっ」

膣を抜き差しするペニスは、もう多量の愛液でベトベトの状態。それが肉胴の表面になめらかな感覚を生じさせ、ヒップが上下するたびに射精感は急カーブを描いて頂点へと向かっていきました。

「ああ、いい、気持ちいい、気持ちいいわぁ」

「あ……か、母さん、ちょっ……」

腰のピストンはどんどん速度を増し、気がつけば、母は私の身体の上で跳ね躍るような姿を見せていました。

とにかくものすごい抽送で、柔らかい尻肉が太腿をバチーンバチーンと鳴らし、合間にヒップを猛烈な勢いでグラインドさせてきたんです。

母との一体感をもっと長く楽しんでいたいという思いはあったのですが、ねとねとの媚肉がペニスをギューギューと絞りたててくるのですから、とても堪えることなんてできません。

立場はすっかり逆転し、今度は私のほうがなすがまま。ぐちゅんぐちゅんと結合部から卑猥な肉擦れ音が響くなか、全身の筋肉を強ばらせ、ただ母の悩乱する姿を見つめるばかりでした。

「あぁぁぁっ、いやっ、イッちゃう、イキそう！」

「か、母さんっ！　俺もイッちゃいそうだよ」

「出してっ！　中に出してっ‼」

「い、いいの？　中に出しちゃっても！」

「いいわっ！　たくさん出してぇぇぇぇっ‼」

長い髪を振り乱し、狂乱の歌声を張りあげる母は、最初に会ったときとは別人のようでした。

私自身が望んだこととはいえ、あまりの変わりようにはただ惚けるばかり。二十四年ぶりの母子の再会は、いつの間にか一匹の牡と牝の絡み合いに変わっていたんです。

「ああ、イクっ！　イッちゃうよぉぉぉっ‼」

「私もイクっ、イッちゃうわぁぁぁあっ‼」

豊かなヒップがさらにスピードを増し、ペニスが根元からもぎ取れそうな感覚に私は大口を開けました。そして目の前がバラ色の靄に包まれた瞬間、熱い塊が身体の奥底から迫りあがったんです。

母の体内に、私は生命の源をほとばしらせました。

「ひぃやぁぁぁっ！」

「あ、あ、あはあぁぁぁっ」

こうして肉の契りを交わしてしまったのですが、放出直後は母と長いあいだ抱き合っていました。

「……熱いわ。陽ちゃんの」

「……母さん」

多くを語らず、私は優しく抱きしめてくる母にしがみつきました。そのあとはもう一度情交を結び、互いの身体を貪り合ったんです。

朝に顔を合わせたときはさすがに気まずかったのですが、二十四年間の溝はすっかり埋まっていました。

もうすぐ父の一周忌がやってきます。私は、母とまた会える日を楽しみにしているんです。

昭和の漁師町に生まれた文学少年が家出前夜、母とのアナルセックスに

遠藤昭治（仮名） 無職 六十四歳

先日、四十六年ぶりに生まれ故郷に帰りました。

久しぶりに降り立った故郷は、不景気の波が押し寄せ、ずんぶんと寂れて風までが冷たく感じられました。

今回帰郷したのは、母の葬儀に出席するためです。

十八歳のときに故郷を離れて以来、私はついに生きて母に会うことはありませんでした。

小さくなった母の顔を見たとき、さまざまな想いが私の胸に去来しました。

今回はそんな母との思い出を告白したく、筆を執《と》りました。

私もすでに六十四歳……もうすっかり老境の入り口に入っています。

それはまだ私が高校三年生のときの出来事でした。

気がつくと、もうかなりの月日が流れてしまいましたが、あの夜のことは今でも鮮明に憶えています。

長々とつまらない老人の独り言になりますが、どうか最後までお付き合い下さると幸いです。


私が育ったのは、北海道の田舎の漁村です。

漁業と水産加工が主な産業で、当時はまだ漁獲量が多かったので、それなりに活気のある地方都市でした。

でも、私はそんな魚臭い街が大嫌いでした。

周囲の大人たちはほとんどが漁師で、無学で粗暴な人間でした。

私の父も同様に、真っ黒に日焼けした典型的な海の男でした。

酒に酔って機嫌がよくなると、魚をさばいて刺身を作ってくれるような優しい面もありましたが、いざ気にくわないことがあると、容赦なく暴力を振るうような短気な性格でした。

自分と違う価値観はいっさい認めない、そんな横暴な人間だったのです。

私も小さなころから、ずいぶんと被害に遭《あ》いました。

この街に住む漁師はそれがふつうで、また妻も子供もそんな父親像になにも疑問をもたなかったのです。

反面、私はおとなしい性格で、荒々しい漁師町には珍しく、勉強が好きなタイプの子供でした。

いつも父親に強要される勝ち目のない腕相撲にはなんの興味も湧かず、本を読むことを愛していました。

そこには果てしない世界が広がっていて、空想に埋没する瞬間だけが、自分の周りの貧相な現実を忘れさせてくれる心地よい時間だったのです。

父は遠洋漁業に従事していたので、年に数カ月は海に出て家を空ける期間がありました。

その間は母と二人で過ごすのですが、その時間も私にとってはとても大好きな時間でした。

母もまたこの街には珍しく、学歴こそないものの、教養に満ち溢れた女性だったのです。

私に本を薦めてくれたのは母でした。

絵本から始まって、谷崎潤一郎《たにざきじゅんいちろう》や太宰治《だざいおさむ》など、文学の読み方を教えてくれたのも母でした。

父は女性が学問に触れることを毛嫌いしてたので、母はいつも父に隠れて本を読んでいました。

私が中学生になったとき、母にずっと思っていた疑問をぶつけたことがあります。

「どうして母さんは、父さんみたいな人と結婚したの？」

母はくすくす笑いながら、答えました。

「熱意かしら。一生懸命、『好き』って言ってくれたのよ」

「もっと他にいい人、いなかったの？」

「お父さん乱暴者だから、全部追っ払っちゃったの」

「無理やりじゃないか……」

「それが、お父さん流の愛情表現だったのよ」

「俺、違う人がよかったなぁ」

母はちょっと真面目な顔になって、私に言いました。

「お母さんは、仕事を真剣にしている人が一番尊いと思うの。お父さんはその点、とっても頑張ってるじゃない」

「でもさぁ……」

「昭治《しょうじ》がそんなことを言っていいのは、自分の力で働いて稼ぐようになってからね。それまではお父さんのこと、悪く言える資格はないわよ」

その言葉は私の胸に深く刺さりました。

そして、やがて私に大きな決断をさせることとなったのです。

高校二年のとき、担任から進路について尋ねられました。

ほとんどの同級生が中学や高校を卒業後、家業を継いで漁師になるなか、私は秘かに東京の大学への進学を志望していました。

この魚臭い街から出たい。広い世界を見たいという一心でした。

実際、私は勉強に友人に後れを取ったことは、ただの一度もありませんでした。

何分田舎の話なのでレベルが低いことは否めませんが、それでも東京の名の通った大学をパスする自信は充分にありました。

教師からも、親が認めてくれるならぜひそうするべきだと、背中を押されました。

とにかく我が家のことは、すべて父が決めます。

まずは父をどうにかして説得しないと、なにも始まりませんでした。

そしてある日、ありったけの勇気を振り絞って、父に自分の決意を伝えたのです。

「父さん……俺、漁師になりたくない。東京の大学に行って……勉強したいんだ」

父から帰ってきた答えは、首がもげるかと思うほどのパンチでした。

「お前、漁師舐めてんのか？　勉強したら魚いっぱい獲れるようになんのか？」

殴られた影響で耳鳴りがして、父の怒声がワンワンと反響して聞こえます。

「しかも東京だぁ？　そんなことさせる金なんか一銭だってねえ。この街に生まれたんだから、黙って漁師になればいいんだ！」

折れ曲がった首の骨を無理やり矯正するかのように、だめ押しの拳を逆側から見舞われました。

母はなにもすることができず、ただ私が蹂躙される様を悲しそうに見ていました。

私は「俺は、必ずこの家を出る」と、固く決意しました。


私はまず、父が漁に出ている期間限定でアルバイトを始めました。

家出にはまず、なにより先立つものが必要です。

母には、「欲しい初版本があるんだ」と嘘をつきました。

母は父には逆らえない人間です。

もし父が私のおかしな様子に感づいて母に問い質《ただ》したら、母はきっと白状してしまうでしょう。

なので、計画は母にも極秘裡で進めなくてはいけませんでした。

人間、目標があると頑張れるものです。

いくつものバイトを掛け持ちしただけあって、高三の夏休みの終わりごろには目標にしていた十万円が貯まっていました。

これで東京までの交通費はなんとかなるはずです。

まだインターネットもなにもない時代です。

田舎の高校生の私は、東京の情報などなにも持ち合わせていませんでした。

この街からの解放感と未来への希望だけが、ただ私の心を高揚させていました。

八月も終わりが近づいたころ、いよいよ家出決行の日を迎えました。

もちろん父は、遠い海の上です。

母に黙って出ていくのは申しわけない気持ちでいっぱいでしたが、落ち着いたら母にだけは手紙を出すつもりでした。

深夜の自室で、私は物音を立てないよう、リュックにわずかの着替えと貯めたお金を詰め込みました。

まだ夜も明けきらぬ始発に飛び乗って、一路上野を目指すつもりでした。

しかしいざこのときとなると、心臓が早鐘を打ち、不安に潰されそうになります。

脇の下から冷たい汗が、次々と流れ落ちるのがわかりました。

いっそ明日にしようか、などと頭のなかをさまざまな思いが駆け抜けていきました。

弱気な心が頭をもたげてきたそのとき、背後から不意に声がしました。

「今日に決めたの？」

母が立っていました。

月明かりがちょうど逆光になって、その表情までは見えません。

母はすべてを悟っているようでした。

「母さん、どうして……？」

「それはわかるわよ、母子なんだから。お父さんみたいに言うと、『お前、母親舐めてんのかぁ！』ってやつよ」

母はなぜか少し楽しそうでした。

「い、いやあ、ちょっと怖くなってきて、明日にしようかと……」

私の言葉を遮るようにして、母は言いました。

「だめよ。男が一度決めたら、とことん実行しなきゃ」

思いもよらない言葉でした。

「お母さんね、昭治には好きに生きてもらいたいの。後悔しないよう、自分の力で人生を切り拓《ひら》いていきなさい」

「母さん……」

「誤解しないでね。お母さんは別に後悔していないわ。お父さんだって決して悪い人じゃないのよ。昭治と二人で漁に出るのを楽しみにいろいろ準備してるんだから。そこだけはわかってあげて」

「俺は……漁師にはなりたくない」

「それはいいのよ。誰のものでもない、昭治の人生なんだから」

北海道の夏は短く、細く開けた窓の隙間からは、もう涼しい風が入り込んできます。秋の到来を予感させる虫の声だけが、かろうじて重くなりそうな沈黙を防いでくれていました。

「ところで……昭治、お金いくら持ってるの？」

母が近寄ってきて、初めて心配そうな顔を見せました。

「十万円くらい……」

「それじゃ、ちょっと不安ね」

母が手に持っていた封筒を、私に握らせました。

「五十万入ってるわ。私がこつこつ貯めたへそくり。お父さんは知らないお金だから、大丈夫よ」

私はなにも言えず、涙を堪えるのがやっとでした。

「お父さんはああいう人だから、昭治はもう二度と家には帰ってこられないわ。だから……私たちもお別れの夜ね」

私と母は、最後に同じ部屋で布団を並べて寝ることにしました。


思い出話はいつまでも尽きることはありませんでした。

笑ったり、しんみりしたり、私たちは楽しい時間を過ごしました。

「ねえ、昭治。最後に抱っこさせてちょうだい」

照れ臭かったけど、私は母の布団に移動しました。

その腕に抱かれていると、母の匂いがしました。

魚の臭いが充満するこの街で、私が唯一……大好きな匂いでした。

「東京なんてお母さんも行ったことがないけど、ちょっと心配なことがあるの」

「……なにが？」

「ほら、昭治はお母さんに似て顔が可愛いじゃない？　だからすぐに悪い虫が寄ってきそうな気がして……」

「そんなにモテないよ」

「昭治は女の子と……したことはないの？」

あまりにもストレートに聞かれたため、私は返答に窮しました。

この街でモテる条件とは、とにかく腕っ節の強いことでした。

まさしく父が、母をモノにしたようにです。

「その様子だと、ないようね。そんなんじゃ、安心して送り出せないわ……」

そう言って、母はとつぜん唇を重ねてきたのです。

「か、母さん、いったいなにを……？」

「お母さんだって、恥ずかしいわよ。でも……もうこれくらいしか、してあげられることはないから……」

よく子供のころにキスをしてくれたけれど、それとはまったく異質のキスでした。

「童貞なんて、大事にするものじゃないわ。全部この街に捨てていきなさい……」

母の手がいつの間にか、私の股間を愛撫していました。

「だめだよ、母さん。母子でこんなこと……」

「じゃあ、どうしてオチ○チンがこんなになってるの？」

恥ずかしながら私の局部は、はち切れそうなほどに勃起してしまっていました。

「そ、それは……」

「どうしても嫌？」

「……い、嫌じゃない」

「はい、決まりね」

母はどこか楽しそうに、私の下着を脱がせはじめました。

「まずはお口で、気持ちよくしてあげるわ……」

母は舌を細かく動かしながら、丹念に私のイチモツを舐め上げました。

想像を絶する快感に、自然と体がうねってしまいます。

「あっ、あっ、あっ、あっ……」

情けない声が出てしまいますが、聞かれてるのが母親だからか、それほど恥ずかしいとも思いませんでした。

母がイチモツ全体を口に含むと……もう一分も保《も》ちませんでした。

下半身が細かく震え、あっという間に母の口の中に精子を放出してしまいました。

母は慌てず騒がず大量の精液をすべて飲み干し、綺麗に舌で掃除までしてくれました。

「次は昭治が、お母さんを気持ちよくさせる番よ」

そう言って、私の目の前で股を開くと、指で女性器を左右に広げました。

「よく見て。ここがおしっこが出る穴、その下にあるのが昭治が産まれてきた穴。そしてその上にある豆みたいのが……女の弱いところよ」

「クリ……トリ…スってやつ？」

「さすが秀才！　知識だけは豊富ね」

「からかうなよ」

「じゃあ、そこを舐めてみて……優しくよ」

私は言われるがままに、母の陰核を舌で愛撫しました。

「こんな……感じ？」

「そう。上手よ……」

母の息づかいが乱れ、みるみるうちに膣口が潤んできました。

やがてその愛液は、私の唾液と入り交じって、快感にヒクヒクと蠢く肛門のほうまで滴り落ちました。

「そろそろ……受け入れる準備ができたようね。さすがに昭治とは血が繋がっているから、こっちでしてもらうわ……」

母が指差した場所は……アヌスでした。

「えっ？」

肛門でする性交があるのは、本から得た知識で知っていました。

でも、それはあくまで小説の中での出来事だと思っていたのです。

「大丈夫よ。お父さんが海から帰ってくると馬鹿みたいに求めてくるから、お母さん、自分でこっちも開発したの。前の穴だけじゃ、痛くて無理だから……」

実のところ、もはやどっちの穴でもいい気がしていました。

それくらい、私のイチモツは興奮のあまり怒張しきっていたのです。

「それに、こっちなら中に出しても大丈夫だから。本能のまま、女の体の中に放出してみて……」

母は私を寝かせると、尻をこっちに向けて私の上に跨がりました。

そして亀頭の先を膣口に擦りつけ、よく濡らすと、肛門にあてがいました。

「よく見ててね」

「うん……」

そのままゆっくり腰を沈めると、私のイチモツは母の体内に埋没していきました。

「どう、昭治……？」

「すごい……締め付けてくるよ……」

「男の人を歓ばせるのも、女の大事な仕事なの……昭治、そんなこともできない女に引っかかっちゃだめよ！」

母が尻を上下に動かすと、私はもうひとたまりもありませんでした。

自分がこんなにも早漏だったなんて、初めて知りました。

「あ、あああっ、母さん、ごめん！」

私は母の肛門の奥深くに、最後の置き土産を放ってしまったのです……。

けっきょく、私はこそこそする必要もなく、翌朝母に見送られながら堂々と玄関から旅立ちました。

実に不思議な家出でした。

私の姿が見えなくなるまで、母はずっと私の背中を見ていました。

泣き顔を見られたくなくて、私は途中から振り返るのをやめました……。

上京してからいろいろと苦労もありましたが、なんとか夜間の大学を卒業し、私は念願だった出版社で定年まで働きつづけました。

小説家になるという夢は叶いませんでしたが、大好きだった文学に携わることができたことを心から誇りに思っています。

就職したことを手紙で知らせたとき、母は誰よりも喜んでくれました。

人生を後悔していないと母は言っていたけれど、本好きだった母は、どこかで私の人生に自分の夢を重ね合わせていたのかもしれません。


最後に母から届いた手紙を紹介させてください。

『昭治へ。私の人生も、間もなく終わりを迎えようとしています。だけど悲しむことはありません。私が死んだら、海に散骨してもらうよう頼んであります。私の魂は天に昇り、雨となって地上に降り注ぎ、飲み水となって昭治の細胞の一つ一つと溶け合うのです。これからもずっといっしょですよ。母より』

手紙を読んだとき、私は涙が止まりませんでした。

もし輪廻転生というものが本当にあるのなら、来世でもこの母の元に生まれてきたいと思うのです……。

◉読者投稿手記募集中！

編集部では、読者の皆様、特に女性の方々からの手記を常時募集しております。真実の体験に基づいたものであれば長短は問いませんが、最近のSEX事情を反映した内容のものなら特に大歓迎、あなたのナマナマしい体験をどしどし送って下さい。

●採用分に関しましては、当社規定の謝礼を差し上げます（但し、採否にかかわらず原稿の返却はいたしませんので、控え等をお取り下さい）。

●原稿には、必ず御連絡先・年齢・職業（具体的に）をお書き添え下さい。

〈送付先〉
〒101-8405
東京都千代田区三崎町2－18－11
マドンナ社
「告白シリーズ」編集部　宛

◉新人作品**大募集**◉

マドンナメイト編集部では、意欲あふれる新人作品を常時募集しております。採用された作品は、本人通知のうえ当文庫より出版されることになります。

【応募要項】未発表作品に限る。四〇〇字詰原稿用紙換算で三〇〇枚以上四〇〇枚以内。必ず梗概をお書き添えのうえ、名前・住所・電話番号を明記してお送り下さい。なお、採否にかかわらず原稿は返却いたしません。また、電話でのお問い合せはご遠慮下さい。

【送付先】〒一〇一-八四〇五 東京都千代田区三崎町二-一八-一一 マドンナ社編集部 新人作品募集係

相姦白書《そうかんはくしょ》スペシャル《すぺしゃる》 母《はは》との淫《みだ》らな思《おも》い出《で》

編者◉性実話研究会【せいじつわけんきゅうかい】

発行◉マドンナ社
発売◉二見書房
東京都千代田区三崎町二-一八-一一
電話 〇三-三五一五-二三一一(代表)
郵便振替 〇〇一七〇-四-二六三九

印刷◉株式会社堀内印刷所 製本◉株式会社関川製本所 落丁・乱丁本はお取替えいたします。定価は、カバーに表示してあります。

ISBN978-4-576-16108-2◉Printed in Japan◉©マドンナ社